"……抱歉哦,小亚,这么长时间没联系你。"

§ 阿尔戈
SAO的封测玩家,也是手段高明的情报贩子。
通称"老鼠阿尔戈"。
游戏通关之后行踪成谜,但……

Unital Ring世界外围MAP
Ver.2

"种子发芽，开枝散叶，围成环形之门。

受邀来到这片希望终结的大地的人们啊，请珍惜你们仅有一次的生命。

我将把一切赠予历尽艰辛，跨越无数困境，

第一个到达极光所指之地的人。"

Unital Ring是一款融合了所有利用The Seed程序构建的VRMMO（如ALO、GGO等）的沙盒式生存游戏。

其全貌依然包裹在谜团之中，但现在已知游戏目的就是最先抵达来源不明的声音所告知的"极光所指之地"。

玩家可从融合前的各款游戏中继承的物品仅限于使用时间最长的两件装备，熟练度最高的一项技能及装备中的防具，角色能力值和所持物品都已被重置。

系统方面,存在ALO所没有的"等级"，还新增了表示干渴的TP、表示空腹的SP等要素。若TP或SP其中一项归零，HP就会开始缩减，HP归零后角色便会死亡,一旦死亡，玩家将无法再次登录Unital Ring。

插画 / 川原砾

"这虽然是游戏,
但可不是闹着玩的。"

——"SAO 刀剑神域"设计者·茅场晶彦

SWORD ART ONLINE
UNITAL RING II

REKI KAWAHARA

ABEC

BEE-PEE

目录 CONTENTS

- 1 001
- 2 044
- 3 064
- 4 067
- 5 095
- 6 105
- 7 125
- 8 130
- 9 165
- 10 201
- 后记 212

SWORD ART ONLINE

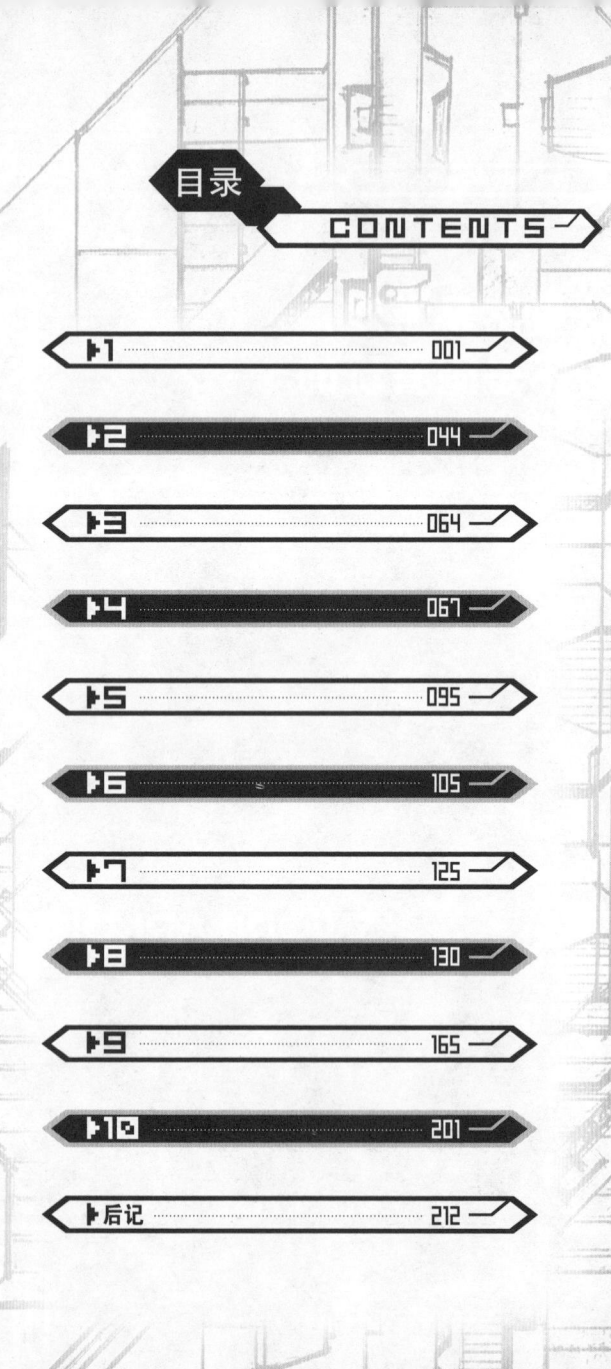

1

喉咙好干。

口干舌燥的感觉真实得让人难以相信这是AmuSphere生成的虚拟感触。舌头失去了水汽,每次呼吸都让喉咙发疼,甚至会怀疑自己躺在现实世界的床上的肉体是不是也出现了脱水症状。

真想暂时退出,把沁凉的冰水倒进玻璃杯里,然后一口气喝光……想是这么想,但在这个充满谜团的Unital Ring世界里,玩家下线后虚拟形象也不会消失。虽然"干渴计量条"会停止减少,但即便在现实世界里喝了水再登录,数值也不会产生变动。而且现在缓冲期已经结束,一旦虚拟角色死亡就无法再次登录UR,最糟糕的情况就是角色连同所持的道具一并永远消失,唯独这一点是绝对要避免的。

因此诗乃/朝田诗乃正一边强忍虚拟的干渴感,一边为了寻找饮水而在这寸草不生的荒野上狂奔。

奔跑会导致干渴值(TP)加速减少,但换成走路也不知要走到猴年马月。现在她也只能相信自己在所剩无几的干渴值归零之前能找到水源而一路奔跑了。荒野整体起伏不大,目测前方约一公里处有一座小小的岩山,其表面有一些看似植物的剪影。如果在那附近找不到喝水的地方,她就会陷入绝境。

"真是的……我居然会被逼到这种地步……"

诗乃从干巴巴的喉咙里挤出沙哑的声音,顺便回想起了之前的几次误判,忍不住狠狠地咂了咂舌。

六小时前——2029年9月27日，星期天，下午4点50分左右。

诗乃登录了VRMMO-RPG *Gun Gale Online*，正在一个高难度迷宫里狩猎一头会掉落稀有金属素材的机械型怪物。

现在她的朋友们都以*ALfheim Online*为主要据点，她申请账号之后在那边玩的时间也多了一些，但完全没有退出GGO的想法——她始终觉得只有那把黑卡蒂Ⅱ才是自己的分身，也想在下届Bullet of Bullets中获得完美的胜利。她之所以独自收集金属，也是因为想悄悄提升黑卡蒂的性能，不让其他对手知道。

这种金属的掉落率不足百分之三，就在她好不容易收集到离目标数量只差一个的时候，迷宫的地板突然开始剧烈晃动，她的视野顿时被七彩光芒填满，还被强行传送到了地面上。

不知名都市的一角出现在她眼前，一束微弱的阳光从半阴半晴的天空中照射下来，静静地照耀着灰色的街道。前后延续的道路上完全不见一个人影。

她之前也大致走遍了GGO世界的每一个角落，但对这幅街景没有一点印象。建筑物的外墙不是混凝土墙，而是古老的石砌墙；道路也不是柏油马路，而是用龟裂的砖块铺成的。她呆呆地站着，周围也有其他GGO玩家被陆续传送过来，但所有人都只是茫然地环顾着四周。这些人当中没有一个是她认识的。

虽然完全不知道发生了什么事，但被一群陌生男人围住的状况也让诗乃有些不舒服，于是她就近潜入一栋建筑物，确认过里面没有其他住客后，又躲进了二楼的一个小房间里。她紧紧地抱着黑卡蒂，竖起耳朵倾听地面上的谈话声。

大约十名GGO玩家正聚在一个地方讨论究竟发生了什么事。过了一会儿，有人发现系统菜单里的UI彻底改头换面了，便尝试联系运营公司，但似乎没有收到任何回应。

这样就只能暂时退出游戏，在现实世界里收集信息了。估计现在GGO的交流网站和各种SNS平台上也有不少关于这次异变的帖子了吧。诗乃听到这些话也有些想退出，但某种不祥的预感让她暂时忍住了这股冲动。

随后建筑物外的十个人一个接一个地操作那个奇形怪状的菜单，回到了现实世界。诗乃在再度造访的寂静中透过没有安装玻璃的窗户俯视道路时，不由得"咦"了一声。

那十名玩家并没有消失，而是以单膝跪地的姿势定在了马路上。这是GGO和ALO世界里常见的待机姿势。玩家于野外下线之后，虚拟形象会在原地停留几分钟——为了防止玩家在被怪物或对战对手追赶时下线逃跑，大部分VRMMO都有这样的设定。既然这里出现了这个设定，就说明这座都市不是受保护的"城镇"，而属于野外区域。不对，这附近完全没有居民NPC的气息，或许这里本来就不是什么城镇，而是某个遗迹之类的地方。

如果是这样的话——

诗乃屏住呼吸，捕捉到了某种摩擦声般的细微声响。她把目光往右一撇，就看到好几个细长的影子从小道那边爬了出来。在灰蒙蒙的阳光下，她看清了那些东西——是某种身长约八十厘米的昆虫型怪物，有点像是蜈蚣和螳螂的结合体。

依尺寸看，那应该不是什么强敌，不过那些被盯上的GGO玩家都处于下线状态，他们背上那些散发着黑色光泽的突击步枪和激光枪都是极好的武器，但不扣下扳机就派不上任何用场。

"快回来啊！"

她用力抓着窗框这么低语着，但那十个人依然跪在那里，一动也不动。蜈蚣们用无数只脚在砖块铺就的道路上划出"咔啦咔啦"的声响，一步一步地朝他们靠近。出于条件反射，她伸手探

向腰后，准备从枪套里抽出自己的副武器MP7。

然而在把枪拔出来的前一刻，她又停下了动作。潜伏在附近的蜈蚣或许不止现在可以目视的五只，枪声很可能会引来一大批新的敌人。她持有的MP7专用消音器可以解决这个问题，不过她原本是来采集素材的，为了减轻装备重量，就把消音器放进了道具栏里。现在她已经没有时间去操作菜单将它实体化并套在枪口上了。

在诗乃犹豫时，领头的一只蜈蚣已经爬到其中一个玩家的背上，用巨型下颌咬住那毫无防备的脖子，深红色的伤害特效随即像血一般滴落。另外几只蜈蚣也陆续爬到了其他玩家身上。

诗乃心想，就算他们不抵抗，就这么被一直咬着，应该也能撑个几分钟吧。毕竟那些蜈蚣怎么看都像是低级怪物，那些男人穿戴的防具却相当高级。

然而——

仅仅十几秒后，第一个被咬的玩家就化成蓝色光粒消散了。其他玩家也在一个接一个地死去，这未免也太快了……难道这些蜈蚣是超出预想的强敌？又或者——

诗乃突然想起了什么，用生疏的动作打开了环形菜单。那里有八个图标，她点击其中一个表示状态的人形图标，看了一眼弹出的窗口后便狠狠地倒抽了一口凉气。

1级。HP最大值仅为200。她的能力值被初始化了。

不仅如此，白色的血条下方还有绿色的MP条，再下面则是表示"TP"的蓝条和表示"SP"的黄条。先不说MP，她完全不知道TP、SP代表的是什么参数。

不过现在也没有时间去探究了。诗乃再次透过窗口俯视外头，发现其中五名玩家已经消失，而蜈蚣群正朝还活着的五人逼近。

再这样下去，他们肯定会在有人回来之前被全歼的。

"……真是的！"

她小声骂了一声，再次拔出MP7，然后立起前握把，拉长枪托，把瞄准器从安全切换到半自动模式，再拉动枪匣后半部分的压簧杆，就将第一颗子弹送进了枪膛。随后她把身体靠在窗框上，瞄准领头的那只蜈蚣，将食指搭在扳机上，轻轻施力——

"……咦？"

惊讶的声音随即从她口中漏出——GGO两大特色系统之一的"着弹预测圆"并没有出现。

是Bug吗？还是系统出了故障？还是说……不，现在没有时间犹豫了。她以前也试过依靠枪支瞄准器去狙击能够扰乱着弹预测圆的怪物，虽然是从二楼往下射击，不过这点距离也不需要考虑弹道的变化。

一只蜈蚣正要咬住新的猎物，诗乃就瞄准它的头部点击了两下。红黑色的外壳应声绽开，飞溅出绿色的黏液。第二发打偏了一些，不过蜈蚣头上那个形状怪异的血条还是急剧缩短，直接归零了。"唧!!"蜈蚣发出临死前的惨叫声，猛地往后一仰，倒在了路面上，然后变成蓝色碎片四散而去……不，它并没有消散，但看那样子应该是死了。

迅速准备瞄准下一只蜈蚣时，诗乃又咂了咂舌。其余四只蜈蚣头上都出现了红色的光标，她很快就察觉自己被当成目标了。果不其然，那四只蜈蚣改变了前进方向，朝她所在的建筑物靠近。她告诉自己不要慌，然后再次以双击打倒了第二只蜈蚣。

紧接着，剩下的三只也开始沿着垂直的石壁爬上来了。诗乃把选择器切换成全自动，身体探出窗口，瞄准正下方。随着一阵清脆的连击声，被4.6mm子弹射中的第三只蜈蚣一边喷洒黏液，一

边摔到了地上。

第四只也是同样的命运,但第五只已经抵达了窗框。从它口中延伸出来的大颚和尾部不断挥舞的钳子同时向诗乃逼近。

她没有勉强自己去开这一枪,而是用力踩了一下窗框,一边往后空翻,一边重新架好MP7,并在落地的同时扣下了扳机。第五只蜈蚣原本已经有半个身子爬进了房间,中弹后它的头部便应声而裂,那细长的身体也随即垂挂在窗框上。

"呼……"

诗乃下意识地检查了一下弹匣里剩下的子弹,呼出一口气。

这时突然有一阵陌生的嘹亮喇叭声响起,她脚边还出现了一个蓝色的光环。光环穿过她脑袋上方后,她眼前就多了一个写着"Sinon的等级上升至2"的信息窗口。

"2级……"

GGO里的她三天前才升到了107级,这个数字使她不禁发出一声叹息。运营公司ZASKAR发现异常后估计也会马上让整个服务器回滚(注:回滚指的是程序或数据处理错误时,将程序或数据恢复到上一次正确状态的行为),但就单纯的系统故障而言,地图和怪物又未免太正常了,简直就像被丢进了另一个游戏一样……

诗乃继续架着MP7小心翼翼地靠近蜈蚣的尸体,又用枪口戳了好几下。看到它一直没有动弹,她才放开握着前握把的左手,轻轻地用指尖敲了一下。

随着"咻"的一声,一个属性窗口打开了。她仔细一看,上面写着"赤腹钳蜈蚣的遗体 素材 重量5.82"。

"赤腹"应该就是红肚皮的意思了吧,蜈蚣腹部的颜色确实也比后背更红了一些。还有,既然说是素材,那换言之——

她把MP7收回枪套里,准备从腰带上拔出小刀——然而她的手并没有摸到刀柄。往右腰一看，才发现原本挂着她那把常用军刀的地方已是空空如也。

"……"

诗乃歪着脑袋，往倚靠在墙边的黑卡蒂Ⅱ看了一眼。主武器、副武器和防具都还在，唯独小刀消失了，这到底是怎么一回事呢？本以为是空翻时掉落了——这种事应该是不可能发生的——不过她在室内找了一圈也没有找到小刀，倒是墙边的壁橱引起了她的注意。

上前观察一番后，她发现这个壁橱的设计与GGO世界里常见的金属陈列柜并不一样。硬要形容的话，这种古老的木柜似乎更有阿尔普海姆那边的风格。拉开有点脏的柜门，可以看到里面几乎是空的，只有几件碎了的餐具、一个不知道装了什么东西的瓶装罐头，以及一把小菜刀。

随后诗乃拿起菜刀掂量了一下，发现它根本不能用于战斗，最多只能用来削削水果皮，但刀刃部分看起来还算锋利。她用右手握着生锈的菜刀，回到蜈蚣所在的地方，几番犹豫后还是将菜刀按在它体节间的缝隙上。

一种让人毛骨悚然的感触随即袭向她的右手，让她差点把菜刀掉到地上。幸好这个效果只出现了一下，之后蜈蚣的尸体就闪着蓝光消失了。紧接着，同一个地方零零散散地掉落了几个道具。

"获得解剖技能，熟练度上升至1。"

诗乃盯着这条信息看了一会儿，然后耸了耸肩，将它关闭。地面上躺着几片黑红色的板和两根弯弯的刺，她捡起来点击了一下，便各自变成了"劣质的蜈蚣甲壳"和"劣质的蜈蚣钳子"。虽然不知道能起什么作用，但拿着应该也没什么坏处吧。于是她打开主菜单，把甲壳和钳子都收进道具栏里，将菜刀插进腰带后，就背起黑卡蒂出了房间，走下楼梯。

她在大门处确认了一下外面的情况，又用全自动模式扫射了一遍，不过还是没有发现新的蜈蚣或其他怪物的气息。

接着她踮着脚尖走出去，看到自己救下的五个人还处于待机状态，便先把躺在附近的四只蜈蚣全部解剖，把素材都放进了道具栏里。

"蜈蚣的甲壳好像不能强化黑卡蒂啊……"

诗乃嘀咕完又重重地叹了一口气，她这才发现被蜈蚣杀害的五个虚拟形象消散后，竟在原地落下了五个黑色袋子。

"……"

她带着犹豫走上前去，把右手里的菜刀插回腰带，然后触碰了其中一个袋子。结果那个袋子马上就变成光环消失了，视野里还出现了一条新信息：

"获得AK74M，获得战术背心。"

"……"

这两件都是GGO里的经典装备，诗乃也大概料到黑色袋子里装的是死去玩家掉落的道具了。不消说，杀害他们的是蜈蚣而不是她，但抢走遗物的行径还是让她有些不适。就在她打开道具栏，打算让这些道具恢复原状时，她发现了一件事。

在绝大多数的VRMMO里，放置在野外的道具过了一定时间之后就会消失。虽然不知道玩家会在哪里复活，但他们发现武器掉了应该也会冲回原地，在那之前还是先帮忙保管一下好了。

做出这个判断之后，诗乃便放弃将刚才捡到的遗留道具实体化，并回收了其余四个袋子。这时她担心起了道具栏的剩余容量，便再次打开窗口查看，发现表示所持物品重量的计量表还不到两成满。

诗乃心里萌生了一种不祥的预感，于是她转而查看道具栏的内容，看到里面只有刚刚回收的十个遗物以及从蜈蚣身上弄到的素材道具，而她原本在GGO世界持有的道具都消失得一干二净了。

"……真受不了……"

她叹息一声，关闭了窗口。

等这个异常状态解除之后，东西应该就会回来了吧。不过运营方到现在都没有任何通知也让人有些在意。她也不想在这个状态下死去，让黑卡蒂和MP7被人捡走。在回滚开始前，她必须和两把爱枪一起存活下去……想到这里，她深深地吸了一口空气。

道具栏里的东西消失殆尽，也就是说她之前存下来的一大堆黑卡蒂专用的12.7mm子弹和MP7专用的4.6mm子弹也不见了。现在她全身上下就只剩黑卡蒂枪匣里的七颗子弹，以及包括替换弹带在内的大约四十颗MP7子弹，打光这些子弹之后，在废屋壁橱里找到的那把生锈菜刀就会成为她仅余的武器。

不，准确来说，刚才从那五个人身上回收的掉落武器和子弹也可以算在库存里，但如果她现在带着这些东西逃跑，就真的变成捡死人便宜的人了。

早知道是这样，刚才就不用全自动模式扫射蜈蚣了……诗乃一边后悔，一边等待处于待机状态的五人重新登录。蜈蚣估计过会儿还会再涌出来，六个人必须通力合作才能存活下来。她再次从枪套里拔出MP7，靠在废屋的墙壁上焦急地等待着。过了三分钟之后——

其中一名玩家的身体突然动了一下，猛地站起来说：

"各位，快走吧！这个遗迹的中心有……"

那人喊到这里才发现听众只有诗乃一人，便看了看周围，放低音量说：

"喂,之前这里不是还有五个人吗?你知道他们去哪儿了吗?"

"很遗憾,他们都死了。"

诗乃耸了耸肩膀答道,并准备解释刚才蜈蚣袭击的来龙去脉。然而她还没来得及开口,眼前这名玩家——一个全身穿着灰色数码迷彩服的光学枪手——就架起原本背在肩上的突击步枪,把枪口对准了她。

"你这家伙……是PKer吗?!"

"什么?!"

诗乃发出带有等量震惊与愤怒的喊声,这才意识到自己那句话在别人听来确实像是杀手会说的,更何况她右手上还握着MP7。于是她赶紧把枪放下,否定道:

"杀死那五个人的不是我,是一种很大的蜈蚣!"

"那蜈蚣现在在哪儿呢!"

"为了保护你们几个,我把它们收拾掉了!"

就在诗乃一边回话,一边打算打开窗口,把蜈蚣甲壳拿出来当证据时,男人突然扣下了突击步枪的扳机,枪口发射的黄绿色激光在诗乃右侧的墙壁上烧出了一道痕迹。

"等一下!"

"不许动!居然敢使这种趁别人下线搞袭击的肮脏手段!"

"都说我没袭击他们了!"

诗乃压抑着怒火反驳道,但血气上脑的男人还是没有把手从扳机上拿开。如果诗乃再动一下,对方肯定会毫不留情地射中她吧。她现在只有1级——不,刚刚已经升到2级了,就算激光步枪威力不大,万一被打中,她也很可能当场毙命。到了那时,如果黑卡蒂掉落,那个男人肯定会以为那是取之理所当然的战利品。

为了保住搭档,她应该先发制人打倒对方吗?但是,该怎动手呢？

紧绷的空气中突然混进了另一个嗓音：

"喂喂喂，出大事了！不仅是GGO……"

其中一个待机玩家这么嚷嚷着站了起来，看到男人端着枪对准诗乃，便夸张地把身子往后一仰，说：

"你……你这是在干什么啊？"

"看了还不明白吗?!这女的趁我们下线的时候放倒了五个人！"

"咦咦?!"

第二个男人震惊之余还立刻从枪套里拔出了一把左轮手枪——应该是斯图姆黑鹰手枪。诗乃进退两难，在她拼命寻找活路时，剩下的三个人也陆续醒了过来。

完全错过了先发制人的时机，这下只能祈祷有人能冷静地听她解释了……就在她这么想的时候——

耳边传来了一个熟悉的清脆声音。诗乃迅速往旁边一瞥，就看到两只长长的触角从五个男人左后方那条道路的裂缝里伸了出来。触角晃动了一会儿之后，一个长着巨型牙齿的脑袋便拖着细长身体爬到了路面上——"赤腹钳蜈蚣"又出现了。

男人们还听着那个光学枪手喋喋不休地大声讲话，根本没有发现危险。"真受不了……"诗乃在内心发出不知是今天第几次的嘀咕，然后用低沉的声音说：

"看后面！"

"啊？你说什么?!"

她再次提醒这个重新端起步枪的枪手道：

"看后面！"

"你要这种烂招数，谁会上当啊?!在我开枪之前，赶紧把你抢走的道具都……"

然而，这声冲昏头脑的怒吼被一道粗犷的惨叫声打断了。

"哇啊啊啊啊?!"

"嚷嚷什么，吵死了……"

光学枪手往身后瞥了一眼，也"哇啊"地怪叫了一声。他终于发现从道路左边爬过来的蜈蚣了，数量还多达十几只。

五个男人往后跳了一大步，一起架起枪支。

趁现在……这是她逃跑的唯一时机。"赤腹钳蜈蚣"虽然外表看起来恐怖，但它的HP并不多，只要两三发MP7的4.6mm子弹就足以毙命。那些男人的装备都在中级以上，只要狠狠扫射一番，估计只要几十秒就能解决了吧。

听到第一道枪声的瞬间，诗乃便蹬地跑了起来。她一边把MP7收回枪套里，一边尽全力往战场的反方向奔跑。等级降为2后竟然还能背着超重量级的黑卡蒂Ⅱ跑步，真是不可思议。不过要想弄清楚这个原因，就必须先活下去。

没过五秒，她就听到有人在扫射的巨响中吼道：

"啊，那女的居然逃了！"

"可恶，赶紧解决这边的事再去追她！"

事已至此，她也只能希望蜈蚣们能争气一点了。估计它们最多也只能坚持十秒左右，在那之前她必须离开这条视野开阔的主干道。

那名光学枪手重新登录后就说了一句"各位，快走吧！这个遗迹的中心有……"如果从字面上理解他这句话，后半句应该是"中心有安全的地方"吧。如果真是这样，她也想前往那里，但在被人误会成PKer的状况下去一个玩家多的地方又有些不妥。那么，她应该去城镇以外——也就是遗迹之外的地方吗？

刚才仅从废屋二楼看了一眼的街景在诗乃脑中浮现。记忆中窗户正面，也就是她现在所在的道路左侧有一些巨大的建筑物。如果那里是城镇的中心，那么出城就应该往右走。

身后的枪声渐渐停下了。在被那些男人发现之前，她必须离开这条大路。岔道在哪儿，岔道……找到了，就在前方五米处。

诗乃尽力倾斜身体，以几乎要滑倒的速度拐了一个九十度弯，冲进旁边一条狭窄的岔道。废屋与废屋之间有一条约一米宽的笔直小道，如果前面是死路，那就真的走投无路了。不过现在她也只能相信自己往前跑了。

她一边放轻脚步声一边奔跑，发现前方堆放着三个半毁的木箱。于是她冲进那些木箱后面，蜷起了身体。

不到十秒，大道上那些战斗靴的脚步声就渐渐靠近，当中还有一些含有怒意的吼声：

"可恶，那女的逃到哪儿去了?!"

"会不会是躲进这附近哪个房子或者小道里了？"

"要一间一间去找吗？累死了……"

"少抱怨了，她放倒了我们五个人啊！"

"而且那女人的狙步很稀有，要是服务器没有回滚，就我们五个人平分也算赚到了。"

……狙步是什么东西？诗乃皱着眉头想了一会儿，才明白他们指的是狙击步枪。黑卡蒂的稀有度在GGO里确实是最高级别的，这群人却以"狙步"这种廉价的名字称呼它，她可不愿意让它被人抢走变卖。

如果那些男人排成一队进入这条小道，或许还可以用黑卡蒂的12.7mm子弹把他们一起射穿。不过要是这么做了，就算说是自卫，她也会变成真正的PKer，而且她身上只有七颗子弹，真不想用在这种地方。

——不要进来啊!

就像感应到了诗乃的意念一样,脚步声在小道入口处减速了。虽然看不到男人们的身影,却能强烈地感觉到他们在往这里窥探的气息。

诗乃躲在木箱的影子里,轻轻地卸下背上的黑卡蒂,用两手端着。早知道会变成这样,就该先把一颗子弹推进枪膛的。她一边这么想,一边把右手搭在拉柄上。等那五个人进入小道,距离缩短到极限时,她必须立刻装弹,并在那些人对装弹声做出反应之前扣下扳机。

一秒,两秒……三秒后——

"喂,有人藏在那破箱子后面……"

这个声音被一道轻快的枪声打断了,应该是短机关枪吧。实弹贯穿了木箱,掠过了诗乃的头发和战斗服。出于条件反射,她差点就从藏身的地方跳出来了,但还是拼命地强迫自己的虚拟形象定在原地不动。

"没有人啊。"

"真是的,别突然开枪啊。"

对话中还夹杂着没心没肺的笑声。那五个人的脚步声走远之后,诗乃也蹲在原地等了三十秒才小心翼翼地站起身来。被子弹扫射过的木箱破烂不堪,仿佛只要轻轻一推就会散架。

——这样浪费子弹,你们很快就会后悔的。

诗乃在心里对那些男人嘀咕了一句,便往小道的深处走去。

幸运的是,这条狭窄的小道并不是死路,还连接着一条新的宽敞大道。地上铺着石板,过去应该有很多居民来往,现在却只剩脏兮兮的风从这里刮过。到底是发生了什么事才会让这座城镇变成遗迹？或许去城镇中心就能了解一些情况，但她现在不能靠近那里。

诗乃发现，自己已经在不知不觉中认为这是一个正式的VR世界，而不是从系统漏洞或人为错误中诞生的异常地图了。她继续往城外走去，时不时会有一些蜈蚣、蜘蛛、蝎子型的怪物冲出来，但因为不能随便浪费仅剩的子弹，她只能拼命地逃窜。早知道这样，就该把副武器MP7换成光剑……这就是俗话说的马后炮了吧。

她一路回避战斗，走了二十多分钟，眼前就出现了一面高高的石墙。一眼就能看出是包围城镇的城墙，不过都是用平滑的石砖堆砌的，没有一丝缝隙，根本无法往上爬。

见状，她便从脚边捡起一颗小石头，用拇指将它弹向正上方。落下的小石头掉在了右侧，于是她决定沿着围墙往右边前进。

走了不到一分钟，就可以看到前方有一道大门了。诗乃一边祈祷大门没有上锁一边靠近，很快就发现自己的担心是多余的——厚重的双开木门有一扇依然完好，另一扇却从铁框上脱落，倒在了地面上。

她暂时停下脚步，思考自己离开城镇的决定究竟是对是错，却怎么也想不出答案来。唯一可以确定的是，在她是PKer的误会解开之前，她绝对不能靠近其他被传送到这里的GGO玩家。

现在她需要的是一个能够安全退出游戏的地点。既然城镇里到处都有蜈蚣或蝎子在闲晃，她也只能去城镇外头寻找避难所了。

终于做出判断之后，诗乃慢慢地靠近大门，踩着那扇倒下的木门穿过城墙，走到了城外。

刚一出城——

"……哇啊……"

诗乃就忍不住感叹了一声。

好大。

一个无比宽阔的区域在她眼前展开。

她已经很熟悉的GGO世界绝对不小,包围着首都SBC格洛肯的荒野也十分宏大,若是徒步横穿还要走上五个多小时。然而这个充满谜团的世界不仅宽敞,景观的清晰度也与GGO有着天壤之别。不管是哪个VR世界的超远景都是一片模糊,但在这里,一直延续到地平线的干涸大地和远处的连绵山脉都可以看得一清二楚。自潜行到那个"真正的异世界"Under World以来,她就没有见过这种规模的场景了。

诗乃下意识地抬起右手,摸了摸自己的脑袋侧面。现在当然是不存在的,不过在现实世界里,躺在床上的她确实戴着使用了将近一年半的AmuSphere。它在技术上已经不算是最先进的仪器了,到底是怎么做出这种场景的呢?

看来还是尽早退出游戏,确认一下到底发生了什么事比较好。诗乃眨了眨眼睛,切换思维,然后重新仔细地观察这片夕阳照耀下的荒野。

地面上七成是干燥的泥土,三成是褪色的植物,还到处都有一些类似仙人掌的植物,让人联想到墨西哥的索诺兰沙漠——当然了,她并没有去过那个地方。这里也栖息着不少怪物,光是肉眼能看到的就有两只巨大的蝎子和一只巨大的蜥蜴。一边避开捕食者的反应圈,一边探索安全地带似乎不是一件容易的事。想到这里,她终于意识到,虽说不能浪费黑卡蒂的子弹,但搭档能做的事并不仅限于把敌人轰出一个洞。

诗乃以立射的姿势架起黑卡蒂,一边盯着瞄准镜,一边转动调整倍率的刻度盘,将它调到最低的五倍,然后端着枪慢慢地从左边移动到右边,寻找看似安全的地点。一般来说,靠近地面的地方是不行的，最好是一个蝎子和蜥蜴爬不上来的高处，如果有可以遮住全身的遮蔽物就更好了。

这种理想的藏身处估计也没有那么好找，就在她心想至少也要找一个顶端较为平坦的高地之类的地方时——

"……啊。"

她轻轻叫了一声，一度让目光离开瞄准镜，然后又挪了回去，并把倍率调高到十倍，一座从地面突起的灰岩山便在瞄准线中间出现了。山顶部分看着险峻，不过在稍矮的地方可以看到一个很像洞穴的地方。只要能设法爬上去，那应该会是一个不错的避难处。至于距离，估计也就七八百米吧。

随后她放下爱枪，做好心理准备才从倒地的木门上跳下，靴底一踩到干燥的土地就发出了细微的沙石摩擦声。这样一来，她估计暂时不会回到这座城镇了。在异常情况解决之前，她必须靠自己的力量活下去。

走了大概十米之后，她控制着速度跑了起来。一看到前方有怪物的身影，她就绕一个大弯，一路朝着灌木另一边那座若隐若现的陡峭岩山前进。

幸好没有蝎子和蜥蜴来袭，诗乃安全抵达了目的地。从下方仰望这座岩山，可以看到它大约十五米高，侧面几乎是垂直的，估计也就只有城镇里的蜈蚣能在这上面攀爬了。不过岩石上还是有不少裂缝或凹凸处可以充当抓手。诗乃重复了几次开合双手的动作，同时在脑内描绘出了爬到那个隐约可见的洞穴入口处的路线。打定主意后，她便用右手抓住第一个抓手，把靴子的鞋尖挤进裂缝，憋着一股劲撑起了身子。

在GGO里——说不定在现实世界里也一样——狙击手需要随时确保制高点，因此自由攀岩可以说是必备技能。在进入疲劳状

态之前鼓起干劲一口气爬上去,这就是在VRMMO里攀岩的诀窍。就在她顺利攀爬到大约五米高的时候——

"获得攀登技能,熟练度上升至1。"

突然出现的信息让诗乃失手抓空了原本盯准的一个抓手,导致身体往下一滑。幸好她的左手勾住了一个小小的石缝,没有整个人摔下去。她不禁咂了咂舌,关上了窗口才再次开始攀登。

就算熟练度只有1,攀爬技能似乎也发挥了一定的效果,那之后她就无惊无险地爬到了洞口处。这个昏暗的洞穴长宽约六十厘米,她小心翼翼地让身体滑进去,不让黑卡蒂被卡住。如果是在现实世界,这种洞穴或许会因为纵深不足而无法使用,不过在游戏世界里,它们基本不会中看不中用。

正如诗乃所料,这个洞穴越往里面走就越宽敞。这样的话就不得不考虑它是怪物巢穴的可能性了。于是她从枪套里拔出MP7,打开安装在右侧的战术导轨(**注:战术导轨是一种直接在武器上加工或附装的固定基座,便于根据战场情况选择将各种观瞄器材等安装到武器上**)上的小型电筒,白色的光线一下子就驱散了黑暗。

洞穴大约有一米半高,纵深约为三米,形状像是一个茧。这里没有怪物,地面上也没有成堆的筑巢材料。相对地,深处的墙边放着一个孤零零的木箱,还是用金属加固过的。

"……是宝箱吗?"

诗乃低语了一句,弯着腰走近。她试着用MP7的枪口敲了敲木箱的盖子,箱子就发出了凝重而沉闷的声响。如果箱子在这里放了很久却没有一点腐朽的迹象,那就可以证明它是宝箱了吧。既然这样,就只能打开看看了。她刚伸出左手,就发现木箱前面的金属部分有个钥匙孔。

即便如此,诗乃也没有死心,还试图掀开盖子。可是盖子仿佛被黏住了似的，纹丝不动。她轻叹一口气，仔细地观察那个钥匙孔。

GGO世界里也有宝箱——那边称之为"宝盒"——其中大部分都是上了锁的，而且还有电子锁和物理锁两个种类。根据箱子内容不同，有的会设双重锁，所以开箱时需要同时具备撬锁技能和黑客技能。如果只有物理锁，也可以粗暴地直接用枪射穿钥匙孔，不过成功率很低，经常是要么再也无法打开，要么箱子里的东西都被破坏了。

诗乃反复仔细观察了右手上的MP7和宝箱的钥匙孔几次，击退了赌上一把的诱惑。如果最后不仅浪费了宝贵的子弹，还破坏了箱子，估计她会一时半会儿都振作不起来。所以她想试试撬锁，但是她原本放在道具栏里的开锁工具都消失了，身上只有那些倒霉男人的遗物、生锈的菜刀，以及从蜈蚣身上取来的素材。

"……"

她突然想到一个奇怪的主意，便用生疏的动作调出环形菜单，打开道具栏，然后从空荡荡的所持道具中选中"劣质的蜈蚣钳子"，将其中一个实体化。

一对长约十五厘米，由两根弯曲的尖刺在根部合体而成的红黑色钳螯随之出现。诗乃用两只手拿着它，"啪咔啪咔"地开合了几下，也看不出它到底能拿来做什么东西。不过，现在只要前端是尖的就可以了。

诗乃把其中一根刺的前端插进宝箱的钥匙孔里，轻轻一动，就感觉到它勾到了什么东西。虽然这个钳螯不如开锁工具好用，但只要宝箱等级不高，或许也可以将它打开。

就在她专心地转动那根刺，试图拨动被刺勾住的东西时，眼前再次出现了一条信息：

"获得解锁技能,熟练度上升至1。"

看来这个世界里还有各种各样的技能,她也越发觉得这不仅仅是系统故障了,不过现在还是要集中精神应付眼前这个钥匙孔。

"可恶……这东西……"

诗乃小小地咒骂了一声,继续捣鼓钥匙孔。三分钟后,在提示解锁技能熟练度上升至2的信息出现的同时,她也听到了一个令人心情舒畅的声响。蜈蚣钳子似乎也刚好耗尽了耐久值,在她手中破碎消散了。

她屏住呼吸,轻轻地打开了宝箱的盖子。随着细微吱嘎声开启的箱子里放着一撮硬币、一个老旧的皮革袋子和一把长着青铜锈迹的钥匙。

先拿起仅有一枚的银币仔细观察,可以看到这块圆形的东西直径约两厘米,与GGO世界里流通的信用硬币和ALO世界里的尤鲁特硬币都不一样。硬币的一面刻着数字100,背面则是两棵树的浮雕。轻轻点击,一个属性窗口就弹了出来,显示"100艾尔银币硬币 重量0.1"。

"……艾尔?"

是一种从未听说过的货币。诗乃耸了耸肩膀,把其余的铜币也一起收进道具栏,然后拿出那把生锈的钥匙。手持部分是一朵镂雕的花,设计得非常精致,却不知道该用在什么地方。她姑且也点击了一下,窗口显示的是"青铜钥匙 道具 重量0.72"——信息量约等于零。

她把钥匙也放进了道具栏,最后才拿出那个皮革袋子。沉甸甸的手感让她倍感期待,袋子里装的会是箱里不曾看到的金币,还是强大的魔法道具呢?她打开皮革袋子的开口,把右手伸进去之后,指尖便碰到了几个圆乎乎的东西,于是她掏出了其中一个。

"……这是什么?"

手掌里的金属球和柏青哥弹珠差不多大,还散发着浑浊的光芒。看这种泛黑的质感,应该是铁……不,是铅吧。怎么看都不像是高价物品。诗乃往袋子里窥探,发现里面装的都是一样的东西。失望的她不甘地点击了一下金属球,弹出的属性窗口里显示——

"粗糙的滑膛枪子弹 武器/子弹 攻击力 贯穿28.42 重量3.67"。

"原来就是普通的子弹啊……"

在野外洞窟里出现的宝箱也就这样了吧。诗乃正想扔掉那些铁球,又突然停下了动作。

"……滑膛枪?"

之前GGO里有这种实弹枪吗?

就诗乃所知,"滑膛枪"指的是那种预先将子弹装进枪口,靠明火发射的原始长筒枪。虽然它是长筒枪,但因为枪膛里没有钩切出来复线,所以不能称之为来复枪。在技术层面也只比火绳枪稍微先进了一点。

按照GGO世界的背景设定,人类经历最终战争后,文明程度倒退,高级的金属加工技术几乎都失传了。虽然人们绞尽脑汁制造了大部分零件都由塑料制成的光学枪械,但不管是手艺多好的NPC,都无法做出需要对金属进行冲压、切削加工才能完成的实弹枪,所以玩家们只能去大战前的遗迹里搜刮,诗乃惯用的黑卡蒂Ⅱ和MP7也是她自己在首都地下的遗迹里找到的。

不过毕竟是从都市遗迹里出土的枪,再怎么古老也是二十世纪初的东西,从来没有听说过有人找到历史可以追溯至十七世纪的滑膛枪,而且这种枪每打一枪都得重新装填火药和子弹,就是用来对付最低级的怪物也会很辛苦。

也就是说……

"这个世界里还有滑膛枪？"

诗乃低语了一句，再次凝视右手里的铁球。几秒之后，她把子弹装回皮革袋子里，并牢牢地系好开口，收进道具栏。

——虽然没有找到什么宝藏，但能打开宝箱也算不错了。

她对自己这么说，然后倚靠在微微弯曲的墙壁上。现在是下午6点，这个洞穴里似乎也不会出现怪物，要不要暂时退出游戏，去确认一下发生了什么事呢？

在那之前，还是先休息一下好了。再等五分钟……不，三分钟，确认这里真的安全之后再下线吧。回到现实世界之后，首先要补充一下水分，然后随便吃点东西……不知道冰箱里还有些什么。昨晚做的猪肉酱汤好像还剩了一些，就把那个加热喝了，再烤一个奶奶送来的黍饼吧……

诗乃也不知道自己什么时候合上了眼皮，就这样静静地沉入温暖的黑暗中。

突然，她听到了一个不可思议的声音。

好像有无数铃声在远处响起，就如玻璃碎片缓缓落下一般，既梦幻又悦耳。

她用力挤了挤眉间，好不容易才睁开了眼睑。眼前并不是房间里的白色壁纸，而是凹凸不平的岩石表面。一时之间她也分不清这是哪里，不过她很快就发现自己还没有从虚拟世界的洞穴里下线，反而睡着了。

视野边上的时刻表显示现在是晚上9点05分——她在这里睡了差不多三个小时。这就说明这个世界没有自动断线功能，无法在系统检测到玩家进入睡眠状态后自动退出。不，如果有这个功能，她说不定会在自家那张熟悉的床上睡上八小时，应该觉得幸运才是。

说起来,那个奇异的声响还是没有消失,到底是什么声音呢?诗乃这么想着,看向洞口处——

这一瞥瞬间驱散了她的睡意。

外面的太阳应该早就下山了,现在却有一束鲜艳的紫色光线照进了洞穴里。那是一道如紫水晶般冷冽的磷光,还在毫无规律地摇曳,看上去不像是夕阳。

诗乃抱起倚靠在石壁边的黑卡蒂,趴在地上往前爬。来到洞口之后,她先摆好了卧射的姿势,再谨慎地仰望天空。

毋庸置疑,现在已经是夜晚了。然而天上既没有星星也没有月亮,倒是有几层连绵不断的光幕——是极光……那些奇异的声响好像是从天上降下来的。

这时极光突然开始剧烈晃动,接着传来了某人的声音——

"种子发芽,开枝散叶,围成环形之门。受邀来到这片希望终结的大地的人们啊,请珍惜你们仅有一次的生命。我将把一切赠予历尽艰辛,跨越无数困境,第一个到达极光所指之地的人。"

说话的人既像是天真烂漫的少女,又像是深思熟虑的贤者。诗乃也未能立刻理解这番话的意思,只有"极光所指之地""把一切赠予"这几个短语留在了她的脑海里。

"极光"指的应该就是眼前这片光幕了吧。她再次仔细地观察夜空,发现那一道道紫色的光幕呈放射状排列,中心点似乎在北……不对,应该是在东北方。如果想准确判断方向,还是得从洞穴里出来。

然而就在诗乃下定决心,准备起身时,那些在空中晃动的极光就像被切断了电源似的瞬间消失殆尽,背上还多了一道沉甸甸的重量。她一下还以为是被人按住了，但并不是这样，重量的来源是她别在腰后的副武器MP7。仅仅一秒前，这把枪还只有一只小猫那么重，现在却给了她一种仿佛被狮子踩在脚下的感觉。

"唔……"

诗乃呻吟着把右手绕到背后，握住枪套外的MP7把手，好不容易才把它甩到了地上，但压迫感依然没有消失。这是因为她惯用的战斗服——正式名称是"狙击手夹克"——本身也超重了。

于是她用右手打开环形菜单，操作装备模型，把夹克移到了道具栏里。再卸下靴子和围巾之后，身体才终于变轻，让她松了一口气。

事情大概是这样的——她在下午5点左右被强制转移到这个世界，而那则让人一头雾水的通告是在晚上9点发出的，中间的四个小时应该就是即使装备重量超重也能行动的缓冲期了。可是现在缓冲期已经结束，她只有2级，承重上限值相当低，根本承受不住稀有装备MP7和狙击手夹克的重量。

于是诗乃穿着最简便的衣服起身，俯视架在地面上的黑卡蒂。

虽然已经知道结果，她还是握住枪筒和弹匣部分，试着把它拿起来，然而爱枪就像被人用螺丝钉锁在了地面上似的，纹丝不动。在GGO世界的众多枪械里，黑卡蒂是最重的——虽说也比不上"怪兽"的迷你炮机枪——反物质狙击枪，拿不起来也是理所当然的，不过以后她就不能背着爱枪在荒野上驰骋了。不，她的能力值还不达标，就算把枪架在地面上，估计也无法开枪。

诗乃单膝跪在洞穴的地面上，轻轻地抚过黑卡蒂那线条优美的木制把手。

"……你稍微休息一下吧。"

她轻声细语地对爱枪说完，便用食指轻叩调出菜单，选择了收纳。目送这把巨枪在光芒中消失后，她把另一位搭档MP7也收入道具栏，又重重地叹了一口气。正准备把虚拟的空气送入空空如也的肺部时，她才意识到自己喉咙的干渴。

于是她下意识地想从腰带上取下小型水瓶，左手却摸不到任何东西——军刀和水瓶都不见了。事已至此，在找到可以补充水分的地方之前也只能先忍着了。要在这样的荒野上找到水源并不是一件易事，但在VR世界里，就算喉咙干渴也不会死，最多就是觉得不舒服——

"咦……"

诗乃突然感到视野左上方有些不对劲，便凝神往那里看去——随即倒抽了一口凉气。

那个表示TP值的蓝色计量条正在一点一点地减少，下方黄色的SP条也是一样的状况，不过速度稍慢了一些。她的直觉告诉她，数值减少与喉咙干渴有关。

T估计是"干渴"（Thirst）的缩写吧，如果真是这样，就不难想象数值归零后会发生什么事——她会倒地而亡，装备道具也会掉落，还会被传送到某个地方。估计把爱枪放入道具栏就不会掉落也只是一种乐观的预测。

诗乃再次凝视那个蓝色的计量条，每分钟大约减少百分之一，预计需要一百分钟才会归零，但她也觉得这个速度会根据环境和状态产生变化。一旦离开洞穴去找水，减速肯定会加快。

话虽如此，她也不能待在原地不动。极光消退后，夜空中点缀着无数星星，看似也不会在一百分钟内下起雨来。如果自己不去找水，就肯定会死。

不过还有一个问题，就是现在诗乃全身只有一套内衣和一条腰带，武器也只有在遗迹里找到的那把生锈菜刀。这样下去，别说是蜈蚣了，就连一只老鼠都打不过。

"……真是顾得了头，顾不了脚啊。"

诗乃嘀咕完便打开了道具栏。

她不是想拿出黑卡蒂和MP7，只是上下滚动简短的道具清单，然后把手停在了五个并排的黑色袋子立体图标上。

图标的右侧显示着道具的名称："爱尔卡米诺的遗物""斯托克斯的遗物""炼炼的遗物""米修卡的遗物""增冈一郎的遗物"。要是这些玩家是她主动打倒的，那动用他们掉落的道具也无可厚非，但是她拿这些遗物本来只是打算帮忙保管，还是不好意思直接拿来用。

然而这种犹豫还是败给了刺痛喉咙的干渴感。诗乃按顺序检查了袋子，寻找即便只有2级也能装备的武器和防具。那些和她一起被传送过来的玩家都不像是菜鸟，因此他们掉落的物品对玩家能力值的要求应该也相当高，但如果那五人中有AGI一极型（敏捷值）的玩家，那或许……

回应诗乃期待的，是那名叫做"斯托克斯"的玩家。他掉落的物品当中有武器"参宿五SL2"和防具"鼬皮套装"，两件装备的合计重量刚好不会超过最大承重量。

事不宜迟，诗乃把两件装备拉到装备模型上，腰带的左侧就立刻出现了一把激光枪，身体也套上了黄褐色的战斗服。参宿五SL2是她不大喜欢的光学枪械，鼬皮套装看上去也有些清凉，但还是比穿着一身贴身衣物拿菜刀好多了。她惯用的围巾算是超轻量的，就这么留了下来。

在GGO里，一旦装备了枪械，视野右下角就会显示剩余的子弹数，但是这个世界里没有这项功能，所以诗乃拔出激光枪，确认内置的能量槽，发现还剩百分之六十三。她不是很了解这种枪，

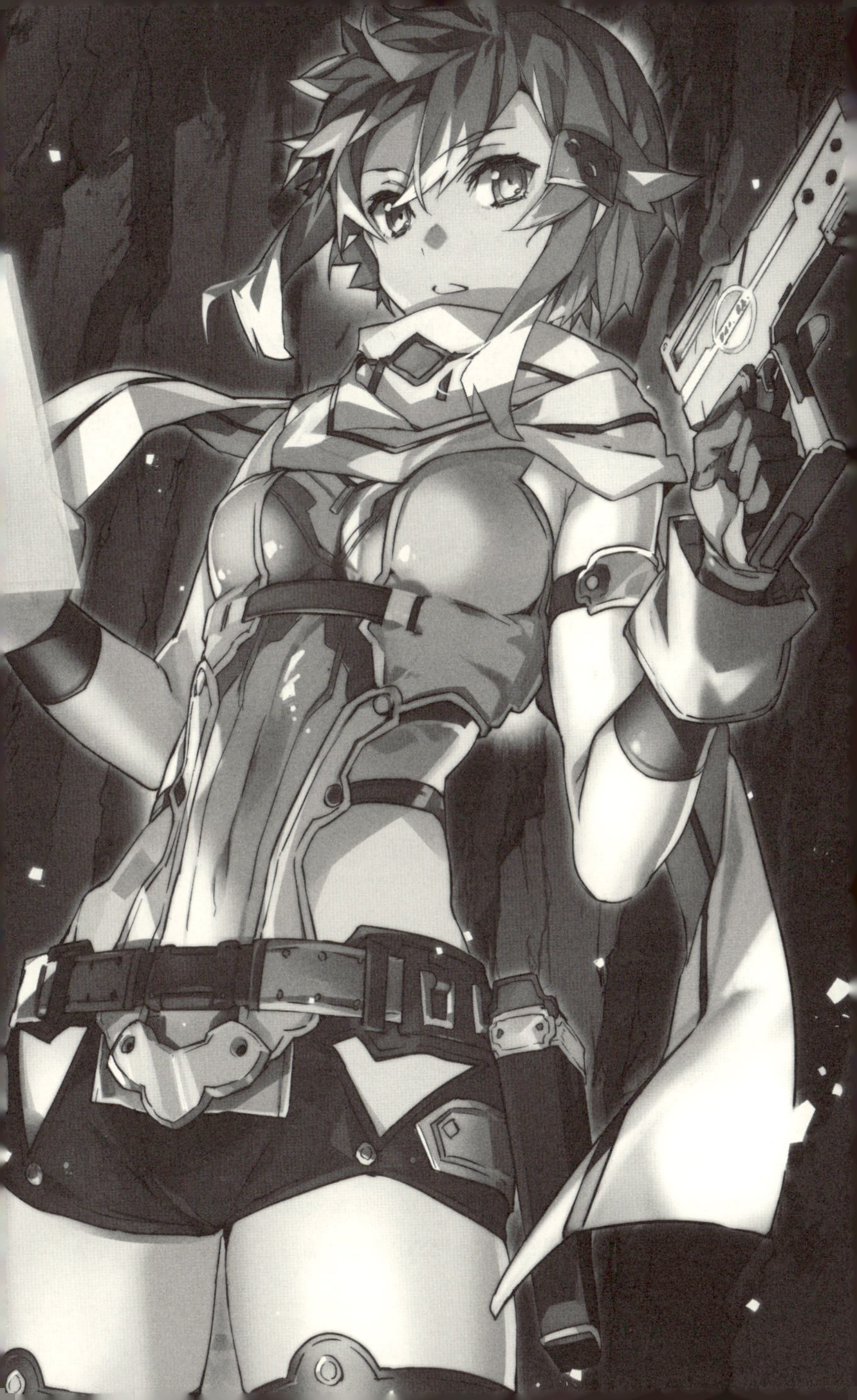

不实际开一次枪根本不知道每打一发会消耗百分之几的能量。

诗乃把激光枪收回枪套里,关闭环形菜单后,便感到喉咙的干渴愈发强烈,咳嗽了几声。虽然离TP条归零还有一段时间,但看来在那之前会先达到体感上的极限。即使这是一个好不容易才找到的避难处,她也必须离开这里去找水源。

随后她又看了那个敞开的宝箱一眼,就穿过狭窄的洞口,冲往干燥的荒野了。

然后时间来到了现在——同日晚上10时许。

从洞穴出来后赶了将近一个小时的路,诗乃还是没有找到喝水的地方。TP条仅余两成,喉咙的干渴已经达到让她难以忍受的程度了。要是在前方的岩山周围还找不到水,那里就会成为她的葬身之处。虽然她觉得之后会在某个地方复活,但是那个神秘声音说的"请珍惜你们仅有一次的生命"又让她放不下心来。如果说玩家只有一条命,那就意味着复活机制会在缓冲期结束的同时失效,死亡后可能会把道具遗留在这个世界,直接返回GGO,而最糟糕的情况就是角色永久丢失。

在陷入现在这种窘况之前,诗乃犯了三个很严重的错误:第一,出于善心帮被蜈蚣打倒的牺牲者们保管遗物;第二,发现洞穴的时候没有立刻退出游戏,还在洞里睡着了;第三,离开洞穴之后没有往遗迹的方向走,而是选择了远离——

现在想来,如果仔细搜查遗迹里的民宅,应该可以找到水井或其他水源。野外之所以没有水,也只可能是地图设计就是如此——让玩家在遗迹里补充饮水,在水资源耗尽之前尽可能地探索荒野。当她意识到这一点时,TP条已经缩短了一半,也无法回头往遗迹那边走了。

如果在前面那座岩山找不到水……不，现在只能相信自己往前走了。走到这一步，她绝不能错手招惹那些怪物，必须在黑夜里慎重前行。稍早前她获得了"夜视"技能，夜间视力多多少少提升了一些，不过单靠一点星光还是无法看清楚阴影处的状况。每次碰到可能潜伏着蝎子或其他怪物的岩石，她都会绕一个大弯，尽可能地放轻脚步，继续跑步前进。

岩山的表面长着一些灌木，就在诗乃好不容易来到山前一百米的地方时——

她的眼睛和耳朵同时捕捉到了一个重要的信息，便立刻弯下腰来。

眼睛可以看到岩山山脚处有一道摇曳的微光——有什么东西在反射夜空中的星光。这种荒野上也不会有金属或玻璃之类的物品，那肯定就是水面了。

耳朵听到的则是一阵雷鸣般的咆哮。那种轰鸣般的重低音不可能是蜥蜴或老鼠发出的，以VRMMO的规律来说，发出这种声音的应该是大型怪物——搞不好还是野外头目级的怪物。

出于条件反射，诗乃想抓住黑卡蒂Ⅱ的肩带，右手却挥空了。无法装备的搭档正躺在道具栏里，现在她只能依赖左腰那把参宿五SL2，但是光学枪只有重量轻这一个长处，真的能与头目级怪物交锋吗？

TP条染上了深红色，余量也在逐渐跌至一成。再这么犹豫下去，十几分钟之后就要归零了。事到如今再去其他地方找水源也不现实，她只有两个选项，要么在这里渴死，要么孤注一掷，冲向那座岩山。

——至少在游戏里面展现一下在敌人枪下丧生的勇气啊。

在GGO里，诗乃曾对她的雇主兼一支对人中队的领队说过这句话，如今竟再次在她耳畔响起。她忍不住苦笑一声，站起身来。既然都要死，与其因为脱水而死，她更想在战斗中死去。

凶狠的吼声再次响彻了荒野。诗乃拔出参宿五SL2，解除了安全模式。

她紧盯着前方一百米的岩山看，开战前必须看清楚怪物的模样，但隔着这么一段距离，她也只能看到某个巨大的物体正在山脚处移动。

这时她突然想到了什么，又一次蹲下身子，打开环形菜单，点击了道具栏里的MP7，然后从副菜单将枪上附加的手电筒实体化，并安装在参宿五SL2下方的战术导轨上。重量……刚好没有超出限制。虽然无法再多拿一块石头，不过只要还在限制范围之内，她行动起来就和赤手空拳一样轻松，这就是VRMMO的好处。

手电筒性能不错，但还是无法照到前方一百米处。诗乃打算再靠近一些，一路小心翼翼地前进，留神避开杂鱼怪物。她绕到岩石后方，穿过仙人掌，把距离缩短到了五十米。

靠近之后才发现，刚才在远处看似很小的岩山竟然也有十层楼高。几乎呈垂直状的陡峭石壁上到处垂挂着类似于爬山虎的植物，还能听到哗啦啦的水声。看来是细细的水流沿着岩山表面流到了山脚，形成了一股清泉。

确认找到水源的瞬间，诗乃感到了一阵更强烈的干渴。那种仿佛绞紧脖子的感觉让她难以忍受，不由得小声咳嗽起来。TP条仅剩百分之八……如果在八分钟内喝不到水，她就会死去。

诗乃往岩山周围望去，立刻就发现了咆哮声的来源。一个胖墩墩的巨大影子正在山脚处按逆时针方向移动，看上去像是在守护自己的地盘——不，事实应该就是如此。如果不想办法解决那只怪物，她也喝不到水。

在背水一战之前，或许可以先开一枪吸引怪物的注意力，把它引到远处后再甩掉。就算无法完全摆脱，只要能让怪物远离岩山一分钟，她应该就能喝到水了。

于是诗乃再次前进，把距离缩短到了三十米。这个距离对狙击手来说短得几乎令人窒息，不过如果换作用剑战斗的桐人或亚丝娜等人，就会直接冲过去挥剑猛砍。

大家现在都在做什么呢？是在现实世界里学习吗？还是在ALO里悠闲地升级呢？真想在TP恢复，找到一个新的避难处之后退出游戏去联系他们。她把事情的来龙去脉说完之后，桐人大概会羡慕多于震惊吧。为了看到他那种表情——

"……我一定要活下去。"

诗乃低语完便把上半身倚靠在旁边的岩石上，用两手架起参宿五。由于着弹预测圆没有出现，这把枪也没有安装瞄准镜，她只能靠原始的照门和准星来瞄准。幸好光学枪的弹道和实弹枪不一样，不会受风力或重力的影响，发射的激光都会打中瞄准的地方——准确来说，是其下方一厘米的位置。

从岩山另一端出现的大型怪物正绕着大圈走动，头正好对着诗乃。虽说随便打一枪都能引起它的注意，但是为了不浪费能量，她想打中一个比较关键的地方。

她微微动了动左手，将指尖搭在手电筒的开关上。必须在手电筒亮灯后的三秒钟内锁定目标，开枪射击。她做完深呼吸，准备打开手电筒时——

一阵爆炸声接连响起，吓得诗乃缩起了身体。那是实弹枪械的枪声，而且是相当大口径的枪械。

诗乃一开始还以为是那些被蜈蚣袭击的GGO玩家追上来拿他们的掉落物品，不过她离开遗迹后已经跑了至少一个小时，除非

在她身上安装了追踪器，不然根本追不到这里来。

那只大型怪物的吼声让她更加笃定了这个想法。稍早前的嚎叫听着像是在强调自己的势力范围，但现在声音明显不一样，是愤怒的咆哮。定睛一看，那副巨大身躯到处都有血一般的红色伤害特效。

随后又是一阵雷鸣般的枪声。这次诗乃可以看到岩山东南边（从她的角度看是右边）一个地势较高的山丘上有几道橘红色的亮光闪现。下一瞬间，怪物的身体左侧就出现了中弹的光效，巨大的身躯也开始摇晃。

光效很快就消失了，不过诗乃的眼睛还是清楚地捕捉到了怪物的模样。如果要用一个词来形容，那就是"恐龙"。

诗乃住的公寓位于文京区汤岛四丁目，与上野恩赐公园毗邻而居。因为离得很近，所以她闲暇时总会去美术馆或博物馆看看。她最喜欢去的是国立科学博物馆，今年夏天还举办了恐龙展，虽然她对恐龙没什么兴趣，但还是一时兴起去看了。展览中最引人注目的就是一只恐手龙的全身化石，顾名思义，"恐手"就是"恐怖的手"的意思。当时她还盯着那巨大的手臂和钩爪看了好一会儿，在心里感叹"怪不得会取这个名字"。

守护着岩山的怪物与恐手龙非常相似，它的后背像一座小山般隆起，还有长长的脖子、尖尖的脑袋，以及壮实的手臂和腿脚。不过与诗乃在恐龙展里看到的恐手龙想象图不一样的是，这只怪物全身都没有羽毛，而是长着一层铠甲般的坚硬皮肤。个头大概有五米高，全身长度也有十米左右。

恐龙遭到大口径枪械乱枪扫射也晃了晃身体，但很快就重新站好了。它转头看向攻击者们所在的山丘，用肌肉发达的前脚反复抓挠地面几下之后就猛地冲了过去。每当那不少于五吨重的巨大身躯踩踏地面时，都会有一阵震动传到诗乃脚下。

山丘前面是一个陡峭的悬崖，即便是恐龙也无法轻易爬上去吧。原本应该趁现在发起第三、第四波攻击的，但不知为何山丘上非常安静。话又说回来，那些攻击者到底是什么人？如果不是来追击诗乃的斯托克斯等人，那会不会是其他先行出发的GGO玩家？可为什么那些枪声都是一样的呢？

就在诗乃百般困惑时，又看到恐龙顺着迅猛的冲势，让那结实的脑袋撞上了悬崖。更大的地鸣声随即响起，悬崖也应声爆出放射状的龟裂。

随后恐龙又低下头后退几步，摆出了准备再次冲撞的姿势。这时攻击者们总算发动了第三次集体攻击，恐龙隆起的后背上顿时绽开几道红色的闪光。或许是那长着厚重突起的后背防御力很高吧，这次甚至没有一丝晃动。

"嗷呜呜呜呜呜呜！"

恐龙大声咆哮着，用巨木般的后腿踩蹬地面，又狠狠地往刚才的地方撞了一次头。龟裂直达悬崖顶端，干燥的土块纷纷崩坏掉落。

突然，诗乃似乎听到了轻微的惨叫声，便凝神观察起来。

一些土块和一个状似人影的东西正一路从落差约十米的坡面上滚落，似乎是其中一个待在悬崖边上的攻击者被卷入塌方了。

"……真是的……"

诗乃咒骂了一句，甚至忘了口渴，从藏身的地方跳了出来。虽然她不知道那些攻击者是什么人，不过若是想打倒恐龙、获得饮水，和他们合作应该是最好的方法吧。她也考虑过趁那边开战的时候自己偷偷靠近泉水，但这么做可能会引起恐龙注意，还会被那些攻击者仇视，万一事情演变成那样就糟糕了。

她用两手握着参宿五一路狂奔,从南边靠近悬崖。滚落的攻击者被压在岩石下面,似乎已经无法起身了。悬崖上正在进行第四次射击,但是发射的子弹很少。恐龙也完全不在意,朝那名倒地的玩家高高地举起了长着瘆人钩爪的右臂。

"看这边!"

诗乃喊了一声,将手电筒打开。纯白色的光束撕裂了黑暗,直接照在恐龙头上,使它的动作瞬间停顿了一下。诗乃没有错过这个空当,她瞄准那只黄色的眼睛,扣下了参宿五的扳机。

咻!与实弹枪相比,这个声音实在让人倍感不安。随着枪声一起射出的黄绿色光弹不偏不倚地贯穿了恐龙的右眼。

"嗷呜呜呜呜呜!!"

恐龙爆发出高亢的咆哮声,在扭动身体时失去了平衡,狠狠地撞向坡面。悬崖再次崩塌,落下大量的土块和岩石。恐龙那颗既像鳄鱼又像鸟类的脑袋上方出现了一个红色的环状光标,但现在没有时间去看它的名字了。

诗乃在放下枪的同时关上了手电筒,又冲到倒地的玩家身边,使出全身的力气移开了压在对方左腿上的大岩石。

"快站起来!"

她一边喊一边伸出了左手——然后将眼睛瞪大到了极限。

那不是人类。从广义上来说可能是类人,但GGO里根本不存在这样的虚拟形象。

倒在地上的人胖墩墩的,全身长着褐色的羽毛,还有一颗猛禽类的脑袋,也就是俗称的"鸟人"。虽然比ALO里出现过的半鸟人系怪物更像鸟类,但对方身上穿着用布料和皮革做成的防具,右手紧紧抱着一把粗糙的步枪,恐怕这既不是玩家也不是怪物,而是NPC。

诗乃下意识地收回左手，但很快又伸了出去。就算对方外表有七成是鸟，同为枪手也应该可以互相理解……不知这个毫无根据的想法能不能传达给对方。

鸟人眨了眨那双让人联想到鹰的眼睛，用左手握住了诗乃的手。诗乃把他拉起来，让他站好之后才发现自己还比对方高了五厘米左右。

"你还能跑吗?!"

听到诗乃这么问，鸟人用一种根本不像是在说话的奇怪声音答道：

"ᚷᚷᚷᚷ！"

诗乃完全听不懂对方在说什么，但也来不及追问了。一头撞到悬崖上的恐龙用力抖了抖身子，把堆积在身上的土砂石抖落。

"往这边走！"

她大喊一声，开始往山丘后面跑。鸟人也赤着鸵鸟般的脚蹬蹬蹬地追了上来，他的左脚还有红光散落，不过看起来不是很严重的伤。

山丘大致是一个直径约三十米，高约十五米的圆柱，侧面是陡峭的悬崖，不过应该有一条供鸟人们爬上去的路。不，搞不好他们是飞上去的……这个想法在诗乃脑中一闪而过，不过他们的翅膀好像已经彻底退化，或者应该说是进化成手臂了。从肩膀延伸到手肘的羽毛就像摆设一样，估计也飞不起来。

诗乃正拼命地奔跑着，突然听到身后的鸟人喊了些什么。

"ᚷᚷᚷ！"

她回头一看，就见对方正用长着钩爪的左手指向悬崖。虽然在昏暗中看不清楚，不过那里好像设置了梯子。于是她全力弯身左转，向梯子冲去——那不是临时设置的绳梯，她踩的都是扎扎

实实地凿进了石壁里的桩子。也就是说鸟人们不是今晚才碰巧盯上了那只恐龙，而是之前已经多次尝试从这座山丘上发起攻击了。

诗乃一边想着这些一边全速爬上梯子，她已经将参宿五收回枪套，如果鸟人从下方发起攻击，她就来不及应对了。不过对方应该也不会事到如今才背叛她吧。

正如预想那般，诗乃安然无恙地爬完了长约十五米的梯子。山丘上长着稀稀疏疏的灌木，大部分是岩石和砂土，完全看不到水。她原本抱有的些许期待也落空了，TP条也只剩百分之四。

原本已经忘记的干渴再度复苏，还比之前强烈了几倍，让诗乃当场跪倒在地。鸟人晚了几秒才爬上山丘，诗乃便用嘶哑的声音向他问道：

"你有水……吗？"

然而鸟人只是不解地眨了眨眼睛。诗乃看了看他的身体，发现对方的腰带上只挂着两个像是道具袋的东西，似乎没有带水壶。NPC们应该无法使用道具栏，所以现在她能看见的就是他所有的装备了。

换言之，诗乃必须用剩下的四分钟……不，是三分几十秒击倒恐龙，跑到岩山山脚的泉边喝水，否则就会死去。

——怎么能死在这里！

诗乃振奋精神，站起身来，摇摇晃晃地跑向岩山的西边，就看到悬崖边有几个并排的人影……不，是鸟影。他们都背对着诗乃，正用步枪瞄准悬崖下方，看来是打算对恐龙发起第五次集体攻击。然而——

恐龙的血条在诗乃的视野里出现，余量还有将近八成，可以算出每次集体攻击的伤害量还不到一成。待在这座山丘上确实不会受到恐龙的直接攻击，但也只能瞄准那皮肤厚实的后背，所以无法造成很大的伤害。从他们道具袋的大小来看，剩下的子弹应该不多了。

"等一下！"

诗乃一喊，站成一排的鸟人们都吓得后背一颤，脖子周围的羽毛都竖了起来。他们立刻转身把枪口对准她，七嘴八舌地叫着：

"ㄨㄨㄨ?!"

"ㄨㄨㄨㄨㄨ!!"

诗乃立刻举起两手，拼命地解释道：

"我不是敌人，是想帮你们打倒那只恐龙！"

"ㄨㄨㄨ!!"

其中一个比同伴们高出一个头的鸟人回了些什么话，再次架起了步枪。看来双方完全无法交流。

——到此为止了吗？

就在诗乃无力地垂下肩膀时，一阵爆炸似的冲击声突然响起，整个山丘随即剧烈地晃了起来。原来是恐龙再次用脑袋撞击了悬崖。悬崖边缘崩落了一大块，让鸟人们尖叫着往后跳去。恐龙的咆哮声甚至震慑了夜里的空气。

那道吼声唤醒了诗乃原本已经耗尽的斗志。

等死后再来绝望也不晚。只要TP还剩一个像素点，就要挣扎着活下去。她得把自己的意志传达给鸟人们，与他们合力击倒恐龙。肯定能找到办法的。

如果换作桐人，他这时会怎么做呢？肯定不会依赖话语吧。他总是用行动……用充满压倒性意志的剑光激励众人。诗乃虽然没有剑，但她有搭档。在这种情况下能依靠的也就只有"她"了。

诗乃迅速地用右手打开环形菜单，转到道具栏，然后点击几小时前收起来的爱枪的名字，选择了实体化。

看到窗口上出现的巨型对物步枪，鸟人们立刻就发出了惊叫。他们的枪都是滑膛枪——诗乃在遗迹里找到的恰恰是这种枪的子弹——根本无法与堪称现代制枪技术之精华的黑卡蒂Ⅱ相较。说来鸟人用枪本身就是一件怪事，但现在得抓住这个时机，让他们从惊讶中回过神来，跟上她的节奏才行。

"你，还有你！快到左右两边撑起枪身！"

诗乃指着那个看似是领队的高个子鸟人和他旁边的另一人这么喊道，结果他们一齐歪了歪脑袋。那模样实在太像鸟儿了，让诗乃差点笑出声来。她好不容易才忍住这股冲动，继续喊道：

"快点！要趁恐龙撞得头昏眼花的时候开枪！"

可是鸟人们依然一动不动。果然，双方语言不通就无法交流。虽说GGO里也有一些使用神秘语言的人工智能NPC，但只要在任务里拿到语言变更芯片，就能以日语沟通了。要和鸟人们说话估计也得用差不多的方法，不过现在根本不是找任务的时候。

"拜托，只要帮我撑着枪就好了！"

诗乃第三次喊道。就在这时，一个矮小的影子从身后进入了她的视野——是她刚才救下的鸟人。他刚从中间将黑卡蒂长长的枪身扛在右肩上，窗口附带的实体化维持状态随即解除，沉重的负担全压在了他的肩膀上。

"唔……"听到他叫了一声苦，诗乃也赶紧朝爱枪伸出了手。她用右手握住木制把手，左手则撑着发射装置部分，但两人光是抬起黑卡蒂就已经耗尽了力气，根本无法把它抬到悬崖边上。

TP条只剩百分之二了。

"呃……唔唔唔……"

诗乃一边呻吟一边用力，试图把超出重量限制的对物步枪往前挪。血条右侧有一个不断闪烁的红色砝码图标，眼前还弹出一个窗口,传来了"获得强健技能,熟练度上升至1"的信息,但现在这些都无关紧要了。

扛着枪身的鸟人似乎也在拼命发力,但身体反而渐渐下沉了。每次摩擦都会有一些羽毛从他肩上散落,没过一会儿还出现了伤害特效。

就在诗乃也撑到了极限,就要跪倒在地时——

一只大手用力地握住了枪身的前端,砝码图标的闪烁频率也放缓了一些。诗乃一抬头就与那个看似是领队的鸟人对上了视线。

"אא!"

对方不知喊了些什么,然后猛地一把抬起枪身,扛到左肩上。虽然超重状态仍未解除,但这样就能搬动黑卡蒂了。

三人一路摇摇晃晃地把这把巨型步枪移到悬崖边上,诗乃试图打开黑卡蒂的两脚支架将它架在地面上,但是那样一来就无法瞄准悬崖下方的恐龙了。

"蹲下,用身体撑住!"

双方语言应该是不通的,两个鸟人却迅速地跪到了地上。诗乃用所有的力气让脸颊贴紧黑卡蒂,将枪口对准斜下方。

可惜恐龙已经从冲撞后的眩晕状态恢复,重新站了起来,还把结实的脑袋对准诗乃这边,慢慢后退了几步。这是在做下一次冲撞的准备……不好,如果让它再次撞上悬崖,说不定会连人带枪滚落下去。

以圆环和柱子组合而成的血条上有一串片假名,显示着一个专有名词。斯特罗克法洛斯(Stereocephalus)——读音应该是这样,但完全不知道是什么意思。

恐龙,即斯特罗克法洛斯的脑袋被一层厚实的甲壳状装甲保护着,或许无法用黑卡蒂将其击碎。更何况她是在超重的情况下强行射击的，能准确打中头部的可能性也很小。

这样就只能瞄准那副巨大的身躯……尽可能地瞄准心脏了。然而先不说腹部，斯特罗克法洛斯甚至不打算露出身体侧面，她能从后背射穿它的心脏吗？

TP条只剩百分之一了。再过六十秒，诗乃的生命就会画上句号。

"……我开枪了！"

她从比荒野沙土还要干燥的喉咙中挤出一句简短的话。

可是，在她扣下扳机之前，那个支撑着枪口的领队鸟人突然举起右手喊道：

"אאאאא!!"

他的同伴们随即在诗乃左右两边并排站好，重新架起滑膛枪。这种旧式枪连膛线都没有，最多只能伤到恐龙的表皮，根本打不中它的心脏——但当他喊出"א！"的瞬间，鸟人们齐齐扣下了扳机。

安装在击铁前方的打火石擦过火镰，生成火花，点燃了火盘里的火药。下一瞬间，枪身中的装弹药炸裂开来，发出"砰"的一声枪响。

齐齐发射的子弹几乎都没能打中恐龙，而是打穿了它脚边的地面，爆发出大量的火花特效。

"嗷吼吼吼吼吼！"

斯特罗克法洛斯咆哮着用后腿站起来，高举两只前臂乱挥一通，结果露出了没有厚实甲壳保护的白色腹部。

——就是现在！

诗乃透过瞄准镜锁定斯特罗克法洛斯心脏所在的位置，毫不犹豫地扣下了扳机。黑卡蒂发出的轰鸣声大得令人觉得滑膛枪不过是玩具罢了。一道橘红色的火焰从枪口制动器迸发而出，集三人之力也顶不住强烈的后坐力，诗乃和两个鸟人连同黑卡蒂一起被吹飞到了后方。

可是，诗乃确确实实看到发射出去的.50BMG子弹射穿了斯特罗克法洛斯的胸口正中，还喷出了大量伤害光效。

在她们背脊摔向地面的同时，斯特罗克法洛斯的HP也开始以迅猛的速度下降。数值一直减少，颜色也从黄色变成红色——再变成零。

悬崖下方传来庞然大物倒地的地鸣声，诗乃眼前也出现了一个信息窗口，显示"Sinon的等级上升至16"……16?!她一时之间很是震惊，又期待等级上升之后TP条也能得到恢复。然而很遗憾，变得如丝一般细的TP似乎并不打算回到右边的位置。现在离归零只剩四十……不，三十秒了。

她用颤抖的手指点击就在右侧躺着的黑卡蒂，将它收回道具栏里。

这个动作仿佛成了一个契机，鸟人们一起高举滑膛枪，发出高亢的呐喊声。跌坐在旁边的领队和诗乃所救的鸟人也站了起来，加入欢呼的队列。

可是诗乃没有余力观望这一切，就连爬下后方那个梯子的余暇都没有了。

她站起来朝前方的悬崖跑去，然后甩开恐惧，从十五米的高处一跃而下。由于等级已经升到16，或许还勉强可以撑住。不过她也不打算下这么大的赌注——她的目标是斯特罗克法洛斯躺在地上的遗体。

诗乃双脚落在它较为柔软的侧腹上，又弯下膝盖往斜前方一滚，尽可能地缓冲了冲击。桐人曾对她说过，在The Seed规格的VRMMO里，玩家从高处坠落时受到的伤害量与落地方式有关，自由落体和采取守势落地的伤害是不一样的,所以她在ALO里练习了很多遍。多亏她这么做,她的HP只减少了一成,不过TP就真的如字面上所说那样只剩一"点"了。

随后她从恐龙的侧腹部滑向地面,站起身来。也不知是肾上腺素所致,还是真的出现了那样的特效,她的视野开始变得模糊。离山脚下那汪闪闪发光的清泉还有两百米,冲刺一下应该只要十几秒就到了。

她咬紧牙关蹬地前行,走过一步,两步,准备在第三步开始全力奔跑……就在这时,她仅剩的TP无声无息地消失了。

前所未有的强烈干渴化作火焰,灼烧着她的喉咙。巍然耸立的岩山也出现了重影,让诗乃不由得闭上眼睛。

——要在这里结束了吗?

在等待死亡到来的同时,她对道具栏里的黑卡蒂说:

"就算你掉落了,我也一定会拿回来的。"

身体里的力量都被抽空了。诗乃向前倾倒在地,混在沙里的沙土碰到了脸颊,她的虚拟形象将变成蓝色光粒四散而去……并没有变成这样。

相反,她看到视野左上方的血条正在缩减。看来是TP条归零也不会立刻死亡,而HP会从那一刻开始减少的模式。她继续躺在地上,猛地睁开眼睛,低喃了一句:

"……既然是这样,就早点说啊……"

没有人回应,她便猛地撑起了上半身。虽然暂时避免了死亡,但也不能这么悠哉。血条正以肉眼可见的速度缩减,再次给予她的缓冲时间也最多只有一分钟。

视野中依然布满了重影,看来这就是表示濒死状态的特效了。诗乃摇摇晃晃地站起身来,再次朝岩山跑去。一路上还被小石头绊了几次脚,用三十秒跑完那段两百米的距离时,她的HP已经少了一半。

岩山的山脚处绽放着惹人怜爱的花花草草,另一端则有一汪清澈的泉水——她发誓,如果这时来一个"这是毒性沼泽哦"的结局,她一定会把这个神秘世界的运营者揪出来,并用枪把他打成筛子。随后她穿过花田,在泉水边跪下。

她没有带杯子,便将双手探进那片摇曳的星空,掬起一捧冰得吓人的水,捧到嘴边,来不及试饮就一口饮尽。

"啊……"

嘶哑的声音随即漏出。她再次掬水,将之饮尽,并一次又一次地重复。

血条不再缩减,TP条也在慢慢地恢复,"活过来了"的感觉传遍诗乃的全身,那些参数都被她抛到了九霄云外。她甚至觉得用手掬水太磨蹭了,直接把嘴巴凑到水面上,像动物一样饮水解渴。

短期内都不想离开这座岩山了,干脆就在这里建个房子住下吧。诗乃这么想着,根本没有发现TP条已经恢复至满格,依然不停地往喉咙里灌水。

2

我、亚丝娜、莉兹贝特、西莉卡就读的学校——通称"归还者学校"是将一所改组停办的公立高中的教学楼改建而成的。

因此校园内的构造相当复杂,有好几个地方就像RPG里的地点一样,如果不知道还有这么个地方就根本无从抵达。我现在所站的这块小小的绿地就是其中一个。要先上活动室大楼的二楼,走到走廊尽头,从紧急出口那边的室外楼梯下去,再沿着树篱往前走,穿过一个狭小得几乎会看走眼的空隙才能到达。

这块绿地呈一个长宽约十米的正方形状,被较高的树篱、活动室大楼和图书馆大楼围着,正中微微隆起的部分则有合欢树和白檀树并肩耸立,周围还有一些当季的草花。地面上覆盖着一层柔软的草皮,几乎没有杂草,肯定是有人负责打理,但是我从没有在这里见过那个人的身影。

今年初春发现这个地方后的一段时间里,我和亚丝娜把这里命名为"秘密庭院",把情报都藏在了这儿。之后被莉兹贝特发现了,所以她和西莉卡也偶尔会过来玩。而现在站在我身边的第五个人——不,算上那位不知名的管理员,这个人应该算是第六个"知情者"——看了看四周,用很有特色的嗓音说:

"嚯,是个很适合约会的地点呢。带我来这里没问题吗?"

"有什么办法嘛,谁叫你登场的时候那么夸张……"

我想也没想就这么回了一句,接着才轻轻摇头道:

"不,这不是什么约会地点,完全没有问题的。"

"什么嘛,桐仔,难得见上一面,说话怎么这么不近人情呀?

来，我可以给你一个重逢的拥抱哦。"

那位个子娇小的女生张开双手说道。她穿着黑色水手服，上面套着黄褐色的风衣，还背着一个小背包。虽说个子娇小，但其实也只比亚丝娜矮了一点点，如果和西莉卡站在一起，她可能还会高个一两厘米。与之前我经常和她见面的时候相比还是长高了一些……我总以为她比我年长很多，但实际上也还处于成长期……说不定现在也是。

"老鼠"阿尔戈——

在浮游城艾恩葛朗特，人们是这样称呼这位精明能干的情报贩子的。十几分钟前，她突然来到归还者学校，出现在我的教室里。这所学校的男女学生比例很不均衡——当然是男生的比例大一些——所以当一个陌生的女孩子穿着其他学校的校服出现时，那就不是一般的引人注目了。在阿尔戈被班上的男生们包围之前，我就拉着她的手臂，带她逃出了教室。然而当时午休刚刚开始，走廊上也挤满了学生，我们不得不来到这块绿地避难。可是一旦变成两人独处，又会有一种异样的紧张感涌上心头。

阿尔戈笑容满面地张开双手，我悄悄地与她拉开了一段距离。

"这……这个机会留到下次吧。"

"桐仔，你这家伙还是那么不争气啊。"

"我不用那么争气！比起这个……你到底为什么会来这里？"

我终于问出了一开始的问题，结果阿尔戈把张开的双手收进风衣的口袋里，嘻嘻一笑，让我忍不住盯着她的脸看。

褪色卷发下的脸庞确实与以前在艾恩葛朗特里见惯的"老鼠"一模一样，但不知是因为她两边的脸颊上没有胡须涂装，还是因为过了将近两年……不，从那场死亡游戏开始的一刻算起应该是四年的时间，总觉得她看上去多了几分成熟。老实说，第一次在

艾恩葛朗特遇见阿尔戈时，我也怀疑过对方到底是男是女。不过现在站在我眼前的人就算不穿水手服也明显是一个女孩，我甚至犹豫了一下要不要像以前那样直接对她大呼小叫。

也不知阿尔戈是不是看出了我的胆怯，她露出调皮的笑容，再次凑近我说：

"还问为什么，当然是因为我转学到这里了啊。"

"啥……啥啊啊啊?!"

我大喊出声，又赶紧闭上嘴巴，控制好音量才继续问道：

"你说转学……SAO也通关两年多了，为什么现在才来？之前怎么完全不跟我联系？我还以为你早就……"

我没有把之后的话说完整，不过阿尔戈依然保持着笑容，轻轻耸了耸肩膀。

"我怎么可能会死嘛。再说了，桐仔你不也没联系我吗？凭你的门路，应该很容易就能弄到我的真实信息了啊。"

她说得确实没错。

还在SAO的时候，虽然我不知道阿尔戈的真名、地址和电话号码，但她的角色名称叫"Argo"这一点还是很清楚的。只要把这个名字告诉总务省虚拟课的菊冈诚二郎，应该就可以从用户的登录资料里找出各种信息了。

然而不仅是阿尔戈，对于所有我在SAO里认识的、生死未卜的玩家，我都不会积极地想去调查他们。在第七十五层那场头目战中幸存下来的攻略组成员应该都顺利退出了游戏，但我到现在都不知道其他人——西田先生、牙王、涅兹哈、马赫克鲁等人究竟是生是死。之所以不去调查，是因为我很害怕——害怕从菊冈口中听到那名玩家没能活下来的事实。

出于同样的理由，我也无心去调查阿尔戈的真实信息。就在我想着应该为自己的胆怯道歉，正打算低头鞠躬时——

阿尔戈以与SAO时期无异的敏捷动作凑近，然后用右手的食指和中指抵着我的额头，把我一点点地压了回去。

"喂喂，我没让桐仔你道歉吧？只是想表达一下我们都没有主动联系对方罢了。你在ALO和GGO里都没有改名字，还闹出那么一场大戏，我要联系你也不是什么难事。"

说完她就移开手指，往后退了一步。我摸着额头，为该怎么回话犹豫了一会儿，但最后还是开门见山地问道：

"我还想问你呢……怎么没来ALO？你该不会是给完全潜行机器整怕了吧？"

"你以为我是谁啊？"

阿尔戈苦笑着这么说，然后再次将双手插进口袋里，前后晃了晃纤瘦的身体。

"嗯……确实是有些原因，我也不是完全没兴趣。当时听说ALO可以让旧SAO的角色复活，我是有心动过的……不过，就算再次在ALO里挂上情报贩子这个招牌，也不会再有当初那种激情了吧……"

"……我也不是不懂啦……"

虽然嘴上这么说，但其实我非常能理解她这种心情。

*Sword Art Online*是疯狂天才茅场晶彦创造的真正异世界，玩家们被幽禁在那座用石头与钢铁铸成的浮游城里，被迫在"HP归零就会真正死去"这个恐怖的规则下将游戏通关。

恐惧、绝望、焦躁、悲叹……这些情绪几乎未曾消失过，但这并不是一切。升级时的喜悦、获得稀有道具时的兴奋、击倒迷宫头目时的快哉……这些情感都是真实的，与我在SAO之前玩过的游戏完全不一样。虽然不是很想承认，但我现在最常玩的ALO也确实很有意思，只是无法像SAO那样让我全神贯注……

我挥走瞬间萌生的感伤，再次问道：

"那你这两年都去了哪里，做了些什么？"

"还用问吗？当然是在老家当个学生啊。"

"……哦……"

她这么说也确实没错。我自己在SAO通关之后也遇上了各种事情，不过基本上都是"在老家当个学生"。

"你老家在哪里？还有你是哪一年出生的？"

听到这些问题，阿尔戈突然伸出右手说：

"两个问题一千珂尔。"

"哦哦……"

我正准备从校服口袋里掏出一千珂尔的金币，但在我停下动作之前，阿尔戈就很是愉悦地笑了起来。

"哈哈哈……开玩笑的啦。我老家在神奈川左下角那地方，今年读高三。"

"左下角……"

我一边低喃，一边在脑海里展开神奈川县的地图，位于西南部的有小田原、箱根、热海……那边属于静冈县了吧。不管是哪个地方，离东京都不算很近。她今年读高三，也就是高我一个年级，和亚丝娜、莉兹一样，再过半年就要毕业了。

"……为什么要挑这个时候转学到这边？"

"唔……"

阿尔戈浅吟一声，耸了耸肩膀，说了一句"算了，无所谓啦"之后就把手伸向背后的小背包，灵巧地用反手拉开拉链，从口袋里拿出一个用黄色皮革制成的方形盒子后，又从中抽出一张灰色的卡片，递给了我。

我接过的是一张名片，印在正中间的名字吸引了我的目光。

"帆坂……朋……这是你的真名吗？"

"看起来不像现实人名还真是抱歉呢。"

"不，我不是那个意思……只是没想到你会这么干脆地把真名告诉我……"

"既然都要转学过来了，总不能一直瞒着啊。"

阿尔戈，即帆坂朋微微噘起嘴巴，我把目光从她那儿再次移到了名片上。

名字右下方是邮箱地址和手机号码，左上方是头衔。仔细一看，那里写着"MMO Today撰稿人/调查员"。

"咦，真的假的？"

单凭这一声惊呼，阿尔戈就知道我对哪些文字起了反应，频频点头道：

"真的。"

"MToday的撰稿人……就是说我之前看过的一些文章是你写的？"

"或许吧。"

"不过MToday上基本都是和The Seed有关的新闻吧？你没玩游戏能写出文章吗？"

"我负责的也不是某个特定游戏，而是The Seed连结体的综合新闻和硬件方面的专栏啊。不过偶尔也会弄个角色去潜行，之后采访完了就会删除。"

"哦……"

我长长地呼出一口气，再次看向阿尔戈的脸。她比我年长一岁这件事倒是没有对我造成很大的冲击，但作为一个连兼职都没有的学生，听到她现在是VRMMO界最大的网络媒体——"MMO Today"的一名撰稿人，难免会觉得有些差距。

"……这下不能再对您大呼小叫了……以后要叫您'帆坂前辈'

才行……"

"打住！用'你'就行了。"

阿尔戈认真地这么说完，便朝我努了努下巴：

"然后呢，光让我自报家门，也不把本名告诉我吗？"

"咦？啊，哦哦……"

我这才意识到自己也没有将真名告诉对方。虽然郑重其事地自报家门是有点难为情，可我没有名片，这也是没办法的事。

"这个……我叫桐谷和人。今后请多多关照。"

"嗯，多多关照。"

阿尔戈莞尔一笑，伸出了右手。这次她的掌心不是朝上的，所以并不是索取情报费的意思。我也毕恭毕敬地伸出手，与她的交握。

她紧紧地握住我的手，在一阵不属于自己的脉搏传来的瞬间——

"……你还活着啊。"

之前我怎么也说不出口的话就这么脱口而出了。

闻言，阿尔戈也露出了与之前不同含义的温柔微笑。

"其实我原本也不觉得自己能活到第一百层被攻略那天，都是多亏了桐仔。如果不是你在第七十五层通关了，我估计已经死在某个地方了吧。"

"也不是我一个人的力量……"

我这么回道，胸口突然传来一种被堵住的感觉。其实我能在艾恩葛朗特第七十五层击败希兹克利夫——茅场晶彦，也是因为有众多玩家支撑着我，鼓励着我，引导着我，其中当然也包括眼前的阿尔戈。

——你还活着真的太好了。

我万般感慨地松开手，深深吸了一口混杂着森林气息的空气，将残留在胸中的思绪随呼气一并吐出之后，把话题拉回正轨。

"那……你转学到这儿的原因和你在MToday做撰稿人有什么关系吗？"

"这个嘛……"

阿尔戈说到这里就停了下来，转而望向这个"秘密庭院"唯一的出口，亦即树篱间的空隙。几乎与此同时，我听到了一阵轻快的脚步声。

几秒钟后，右手紧握着手机的亚丝娜闯进了绿地——我在刚才来这里的路上给她发了信息。她伫立在草坪上，先是看了看我，又看向我旁边的阿尔戈，低喃了一声：

"……不是吧……"

阳光从树叶的缝隙中洒落，把那双睁得老大的榛子色眼睛照得熠熠生辉。阿尔戈也眨了眨眼，然后抬起右手打了个招呼：

"嗨，你还好吗，小亚……"

然而她这句话没能说到最后。亚丝娜突然以快得像是被SAO时期的"闪光"附身了似的速度冲来，用力抱紧了比自己稍矮几分的阿尔戈。手机随即从她的右手中滑落，我好不容易才在半空中接住了它。

亚丝娜将脸埋在阿尔戈的肩头，隐约漏出一些声音：

"我一直相信……我们一定能再见面的。"

"……抱歉哦，小亚，这么长时间没联系你。"

阿尔戈也轻声细语地回应道，轻柔地拍了拍亚丝娜的后背。这时亚丝娜终于松开手，目不转睛地盯着阿尔戈的脸，与十几分钟前的我提出了一模一样的问题。

"……阿尔戈小姐，你怎么会在这里呢？"

归还者学校的午休时间是12点40分至1点半,共五十分钟。以高中来说应该算是比较长的,但还是不足以让我们畅谈回忆。而且我们还处于成长期,不吃午饭也未免太痛苦了。

因此我事先给亚丝娜发的信息里就写着"在学生食堂随便买三人份的食物,带来秘密庭院吧"。亚丝娜买来了三种面包三明治,分别是卡蒙贝尔奶酪配火腿和芝麻菜、奶油奶酪配熏鲑鱼和土豆、河虾配牛油果和罗勒叶。我们在白檀树下铺了一层聚乙烯材质的塑料薄布后就坐了下来,亚丝娜让阿尔戈先挑一种口味。

"阿尔戈小姐,你随意选一个喜欢的吧。今天我请客。"

"哎呀,这怎么好意思呢……"

见阿尔戈那么客气,亚丝娜笑眯眯地朝她递出了三个面包三明治,说:

"没什么不好意思的,我和桐人在第二十二层买森林小屋的时候,阿尔戈小姐不是还来帮忙了吗?就当是那时的谢礼吧!"

"……啊,是有这么回事呢。"

阿尔戈很是怀念地眯起眼睛,露齿一笑道:

"那我就不客气啦。我选……这个吧。"

说着,她朝那个包着熏鲑鱼的面包三明治伸出了手。亚丝娜转过头来问"桐人要吃哪种?"我想剩下的两种里亚丝娜应该会选牛油果那个吧,于是就回了一句"火腿奶酪!"

从SAO中解放出来之后已经过了两年——而且我在那个世界里也只和亚丝娜一起生活了两个星期,但还是改不掉当时共享道具栏的习惯,总是忘记把亚丝娜垫付的钱还给她,这也算是我的坏毛病吧。现在也是一样,我接过面包三明治之后才终于想起这件事,急忙掏出了手机。亚丝娜还买了三杯冰红茶,加上这笔账后,我把除以一半的金额输入结算程序里,然后让亚丝娜用手机读取我屏幕上显示的代码。如果使用欧古玛的话，这种个人间的转账还可以更方便一些，不过刚才走得太急了，东西还放在教室的书包里。

刚想到这里的时候——

"……啊!!"

我右手拿着手机，左手拿着面包三明治叫了一声。

今天午休本来还约了莉兹、西莉卡在学生食堂讨论昨天震撼整个The Seed连结体的异常状况，分别在大宫和上野读高中的直叶和诗乃也打算用欧古玛参加，现在她们都在等我和亚丝娜，或许已经等得不耐烦了。

阿尔戈诧异地看着我僵在原地，亚丝娜则带着仿佛在说"拿你没辙"的表情说：

"你果然是忘了。没问题，我告诉她们会议延迟到放学后了。"

"这，这样啊……麻烦你了。"

我道歉之后，阿尔戈也微微缩起了脖子：

"怎么，你们原先有安排？那真是对不起了。"

"没关系的。午休这么短，我也觉得不够时间讨论。"

亚丝娜一边这么说，一边给我们分发冰红茶的杯子。

"先不管这个了，快点吃吧。我肚子都饿扁了。"

这一点我当然不会反对。于是我兴冲冲地揭开包装纸，往露出馅料的一端咬了一口。食堂里的简餐摊位由当地的熟食店经营，虽然不是刚出炉的，但面包的面皮很香脆，蔬菜也很新鲜。我一语不发地咬下第二、第三口，又喝了一口冰红茶。

阿尔戈也迅速解决了半个三明治，还满足地评价道：

"这种水平可不像是学校食堂的面包啊。果然转学过来是正确的选择。"

"食堂的菜品大多都很好吃……不对……"

我轻咳一声,又把刚才没有解决的问题抛了出来:

"阿尔戈,你也差不多该把挑这个时期转学过来的理由告诉我们了吧?"

"这时候转学也没什么奇怪的吧。这所学校是分上下学期接收插班生的,今天刚好是下学期的开学日啊。"

"咦,是这样吗?那从三学期制改成二学期制就好了啊……"

"这样就没有寒假了哦。"

"那还是算了吧。"

听到我的秒答,亚丝娜也噗哧一下笑出声来,开始解释道:

"这所学校是今年8月才定下插班制度的,见赶不上暑假结束就急忙从九月底开始实施了。阿尔戈小姐算是第一个插班生呢。顺带一提,就算不是SAO玩家也可以当插班生哦。"

"哦……不过哪有学生会特地从普通高中转入这种学校啊?我还以为外面的人都把这里当成隔离机构了……"

"这个嘛,这毕竟是一所专门学校,有很多实践性的课程,而且采取学分制,可以选择真正感兴趣的科目学习……媒体好像是这么介绍的,有兴趣入读的人也就多起来了。我班上也来了一个插班生,她就是这么说的。"

"哦哦……那阿尔戈也是因为这个才……"

说到这里,我才想起自己要和莉兹她们商量的异常状况——无数个The Seed规格游戏的大批玩家被强制转移到同一个世界的"Unital Ring事件"发生于昨天9月27日,而在"MMO Today"负责撰写The Seed连结体相关文章的阿尔戈突然转学到这所学校则是今天9月28日的事。

这是巧合吗?阿尔戈刚才也说过"今天刚好是下学期的开学

日"，但我觉得事情并没有这么简单。

"阿尔戈，你转学的原因该不会和UR有关吧……"

我才刚说到一半，阿尔戈就突然用左手食指抵住我嘴边，说：

"哎呀，别那么着急嘛，桐仔。我会好好解释的，只不过现在时间不太够，刚才你们说的那个放学后会议，能不能让我也参一脚呢？"

"咦……咦咦？"

我不由得与亚丝娜对望了一眼。

在SAO时期，阿尔戈以情报贩子的身份为攻略死亡游戏作出了巨大贡献，但她在攻上中间楼层之后就退居幕后了，就连我也一下子少了很多与她见面的机会。西莉卡和莉兹或许听说过她的名字，但好像都没有和她做过情报交易，莉法和诗乃与她更是没有任何接点。

不过仔细想想，莉兹等人是在一年半前，诗乃甚至还是九个月前才认识莉法的，但现在关系好得就像多年好友一样，和阿尔戈应该也能和睦相处吧。于是我和亚丝娜各自朝对方点了点头，再次看向阿尔戈说：

"可以是可以……不过，呃，该怎么说呢……你可别乱说话啊。"

"乱说什么话？"

"这就得请你摸着良心自己判断一下了。"

我严肃地提出这个要求之后便吃起了剩下的面包三明治。阿尔戈应该也能和莉兹贝特她们成为好朋友吧……我是这么相信的，却总有一种不祥的预感。

结束下午3点半的班会后，我立刻离开了教室，冲向位于第二教学楼三楼北侧的电子计算机教室。

虽然名字听着威风，但其实也只是在都立高中时期专门用来上信息课的教室而已。里面并没有什么大型主机，当时安装的台式电脑也差不多都被撤走了，甚至有种虚有其表的感觉。

我选读的是机电一体化课程，与另外两名男生一起组了个研究小组，很正式地向校方借用了电子计算机教室当作实验室。我们三人各有一把钥匙，不过其余两人说今天要去秋叶原买零件，因此会议得以在这个地方进行。

我一路跑过走廊，爬上楼梯来到三楼。本以为我是第一个到的，结果发现莉兹贝特/筱崎里香已经站在电子计算机教室门前了。

"你真慢！"

莉兹一看到我就这么喊道。我举起右手致歉，嘴上却反驳道：

"不不不，是你来得太早了吧……我可是班会一结束就冲过来了的。"

"我班上的班主任出差了，所以今天不开班会。"

"那你在教室里打发一下时间再来也行啊……"

"我想着慢慢走过来时间应该刚刚好嘛！"

我们在ALO里也会这样你来我往地拌嘴，不过到了这所学校，莉兹是高三，而我是高二年级的，心里难免会有些畏缩。在现实世界里，我和比自己年长许多的克莱因和艾基尔聊天时也相当随意，可见学校这个地方的气场确实会让人心生敬畏。我不禁想，如果能用The Seed制作一款以大型学校为舞台的游戏，估计会很受欢迎……不，或许早就有这种游戏了。

"发什么呆呢，赶紧开门啊。"

被莉兹拍了一下后背，我才"啊，嗯"地点了点头，从口袋里拿出一把挂着褪色塑料标签的钥匙，把它插进钥匙孔，然后转动那个略微发涩的弹簧锁，打开拉门，又把右手放在胸前，行了一礼：

"请进,莉兹贝特大小姐。"

"不必多礼。"

莉兹假正经地回了一句,我也跟着她走进电子计算机教室。虽然平日里也用吸尘器尽力打扫过了,但那种旧教室特有的阳光味儿还是没有消散。午后的阳光透过白色窗帘照射进来,在教室里形成了鲜明的明暗对比,让我觉得没有开灯的必要。

"哦——感觉不错嘛,我还挺喜欢这种氛围的。"

初次到访电子计算机教室的莉兹给出这么一个评价,而我已经习惯了这个地方,倒也没什么特别的想法。如果是木制建筑,镜头的画面应该会更好看一些吧。不过这栋第二教学楼也不至于那么老旧,混凝土墙壁上有几道裂痕,地板上的亚麻油毡也有些许磨损,室内摆放的桌子还是用廉价的合成树脂板做的。莉兹饶有兴致地打量着四周,一直走到最里面的窗户旁边才回过头来,露出一个意味深长的笑容说:

"就像在校园系的动画片里一样呢。放学后的旧教学楼里,独处的男孩和女孩……"

这人冷不防地说些什么呢,我一下被吓得往后倒去,结果她用右手食指指着我说:

"用花里胡哨的能力对决!"

"原来是对决啊……"

我无力地垂下肩膀,莉兹也放下右手,呵呵笑道:

"不然你以为是什么呀?"

"不,没什么……先不说这些了,其他人好慢啊。"

刚说完,教室的前门就"嘎啦"一声被拉开了。

"久等了。""让你们久等了!"

亚丝娜和西莉卡异口同声地说着走进了教室。她们身后……没有第三个人的身影。

阿尔戈这家伙，明明是她自己说要参加会议的，最后竟然逃了。我心想还是联系一下问问，打算伸手拿手机时，才想起来还没和她交换号码。"老鼠"两个小时前才与我们在秘密庭院分别，她的身影就那么渐渐渗进了从树叶缝隙间洒落的阳光里，那段时光仿佛只是我和亚丝娜看到的幻象……

"哟嗬。"

随着这声随意的招呼，阿尔戈从敞开的门口走了进来，让我差点滑倒在地。亚丝娜笑着朝她挥了挥手，莉兹和西莉卡则茫然地呆在了原地。

她还穿着那件风衣，看到另外两人便轻轻点了点头，算是打了招呼。接着又看向我说：

"喂，快点帮忙介绍啊。"

"啊，哦哦……莉兹，西莉卡，这位是阿尔戈。她从今天起会转学到这所学校，和我们一样是SAO幸存者，在艾恩葛朗特是……"

我刚介绍到这里，阿尔戈就插嘴道：

"在艾恩葛朗特的时候，我是桐仔的大姐姐。"

"桐仔?!"

"大姐姐?!"

莉兹和西莉卡都大叫了一声。

我一下闪到阿尔戈身边，揪住她的风衣兜帽，往上一提——虽然我很想这么做，但还是忍住了这股冲动，只是加重语气小声地对她说：

"我不是叫你别乱说话了吗?!"

"怎么了，我说的是实话啊。"

"这算是什么实话！你我也没有买家和卖家以上的关系吧！"

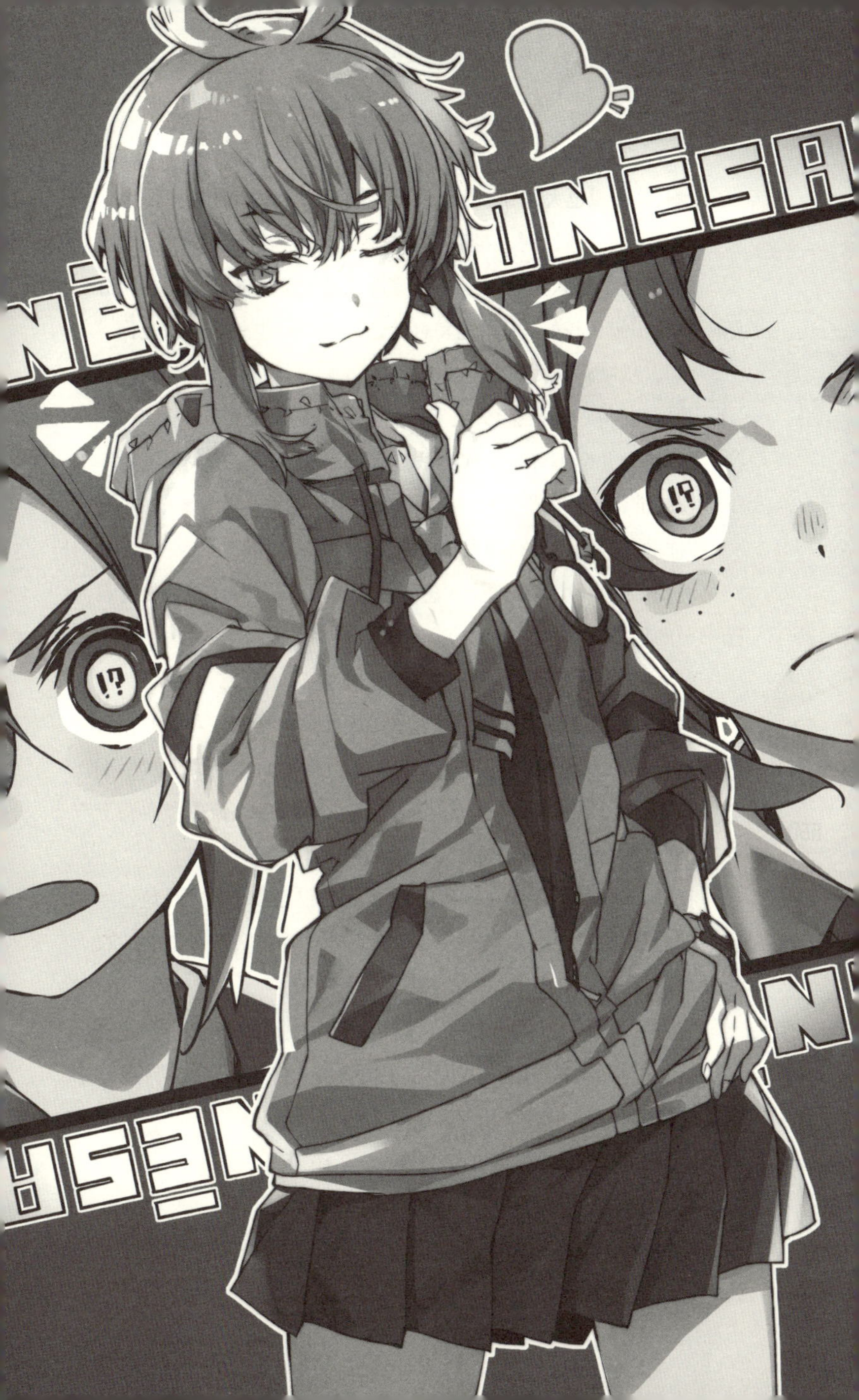
ONĒSA
!?
!?

"啊,这么说也太过分了吧?我都给桐仔那么多特别待遇了……"

在我们两个争论时,身后的亚丝娜无奈地说:

"差不多该进入正题了吧?我觉得还是等会议开始之后再来介绍阿尔戈小姐比较好,毕竟她和直叶还有小诗诗也是第一次见面。"

"啊,哦哦,说得也是……那……"

莉兹和西莉卡依然瞪大着双眼,我看着她们说:

"我待会儿会解释这个人到底是谁的,能不能先给我帮忙做一下会议的准备工作?"

"你的日语表达变得很奇怪了哦。"

西莉卡直盯着我看,让我急忙后退了几步,一直退到放着自己书包的地方。

电子计算机教室里的课桌与教室里的不同,是三人座的长桌子。我们在教室中央拼起两张课桌以充当临时的会议桌,然后围坐在桌子旁边。长边的上座坐着亚丝娜和阿尔戈,莉兹和西莉卡并排坐在另一边,我则占据了靠走廊这边的位置。

我们一起戴上欧古玛——阿尔戈那台不仅涂成了芥末黄色,后脑勺部分还有一个老鼠记号——启动完毕之后,妖精形态的结衣就在会议桌上出现了。

"爸爸,妈妈,莉兹小姐,西莉卡小姐,你们好!"

结衣用可爱的嗓音打过招呼后,便将目光停留在阿尔戈身上。

"咦,这位是……"

"啊……呃,我会说明的,现在先开会……"

我正想这么说,结衣就眨了眨眼睛,莞尔一笑道:

"您是阿尔戈小姐吧!非常感谢您在SAO时期多番照顾爸爸和妈妈,我叫结衣。"

结衣弯腰鞠了一躬,阿尔戈目瞪口呆地看着她说:

"呃……你怎么知道我是阿尔戈?"

"您在SAO的虚拟形象数据与真人生物特征有百分之九十八是一致的!"

"……明明我这两年里长高了不少的……"

"我还使用了模拟成长预测功能来进行识别!"

结衣回答得很干脆,阿尔戈似乎也终于发现她不是真正的小孩子,而是AI了。沉默了三秒之后,阿尔戈往桌上伸出右手说:

"那,那好吧,今后多多指教喽!"

"好的,请多多指教!"

结衣用两只小手抓住了阿尔戈的指尖。仔细一想,结衣的信息收集能力达到了正常人望尘莫及的水平,而阿尔戈在现实世界里似乎也从事着类似情报贩子的工作,这不是如鱼得水吗?我得提高警惕,别让结衣被她拐去做什么可疑的兼职……我心里这么想着,看着结衣回到会议桌中心,张开双手说:

"那么,现在开始与诗乃小姐和莉法小姐连线!"

噼里啪啦——半空中画出一道蓝白色电光般的特效之后,诗乃和直叶就在桌子靠窗一边的位置上出现了。她们都穿着校服,坐在两张设计各异的椅子上。

今天还是第一次使用这个由结衣构建的"AR会议系统",不过看到两人仿佛活生生地出现在眼前,我除了震惊以外还是震惊。诗乃她们也同样瞪大了眼睛,环顾整个电子计算机教室。

"……哦,这里就是归还者学校啊……"

诗乃这么低语着,想从椅子上起身,我赶紧伸出双手阻止道:

"喂,不能动啊。现在诗乃和小直的视野都被欧古玛生成的画面覆盖着,要是不小心撞到那边的东西,可是会摔跤的。"

"啊啊……对哦。顺便说一句,我现在是在LL教室,要是有其他学生进来了,我看起来就会像是在对无人的空间自言自语一样,是这样吗?"

听到诗乃的问题,结衣回了一句"您说得没错",旁边的直叶闻言便皱起眉头说:

"哇啊,我是在保健室连线的,待会儿肯定会有人来的啦!"

"咦,小直你不用参加社团活动吗?"

被我这么一问,这位剑道社成员俏皮地吐了吐舌头。

"我申请今天休息一天了。"

"喂喂喂,没问题吗?事后不会被三年级的抓去加训吧?"

"没事的啦!再说高三生在8月的高中校际比赛之后就引退了,我现在可是副社长呢。"

"咦,真的假的?你早说啊,都没给你庆祝呢。"

"升个副社长也没什么好庆贺的啊。作为补偿,要是我在11月的新人赛上拿到好成绩,可要好好给我庆祝一下哦!"

我们兄妹俩旁若无人地聊着天时,西莉卡吃惊地向直叶问道:

"莉法是副社长,就是说还有人比你厉害吗?"

"那是当然啦。练习的时候有输有赢,不过我的技术偏向自成一派……社长还是得让正统派的人来做才行。"

听到这些话,我忍不住有些担心她会遭人欺凌,但如果没有人望,她也不会被推选为副社长吧。高中校际比赛是8月上旬举办的,当时我还在住院,所以没能去给她打气。新人赛一定要去看……下定决心后,我提高音量说道:

"时间也不多了,我们开始会议吧。首先我想给大家介绍一下这家伙……呃,这一位……"

被我点到名的阿尔戈微微起身,点头示意了一下。

"这一位是今天转学到归还者学校的帆坂朋……在SAO里的名字是'老鼠'阿尔戈，职业是情报贩子。"

一听到这句话，莉兹和西莉卡就异口同声地叫了一声"啊！是写攻略书的人！"诗乃和直叶脸上则冒出了"什么攻略书？"的疑问。阿尔戈本人有些不好意思地嘻嘻笑着，站起来与除我和亚丝娜以外的四人握手——碰不到远程参加的两人，就只是做了个样子。看到这一幕，我才发现这支小队的男女比例是如此的不均衡，顿时变得坐立不安。

这所学校的男生中也有很多VRMMO玩家，如果有心招募成员随时都能招到，只是我总提不起那个劲——这肯定是因为在Under World生活的两年时光里，我遇到了一生中最好的朋友。我不认为今后能再遇到一个像他那样让我愿意交心的同龄同性好友，也不想再交这样的朋友了。他在那场激战后牺牲时，我内心的一部分也跟着死了。那份伤痛恐怕是一辈子都无法治愈的。

我深深地吸了一口带有石蜡气味的空气，压下胸口的疼痛，说：

"人也介绍完了，我们马上进入正题吧。首先我想知道ALO以外的玩家是什么情况……当时在GGO里的诗乃也被强制转移到UR了对吧？"

"没错。"

诗乃点头道。所有人的目光都集中到她身上。

"以防万一，我先问一句，玩家下线期间虚拟形象会继续留在里面，这一点你是知道的吧？可以确保角色的安全吗？"

"这个嘛……应该没问题吧。鸟人会帮我守着。"

包括我在内的所有人脑内都出现了一个大问号。诗乃则耸了耸肩膀，仿佛在说"我自己也是一头雾水啊"。

13

开往吉祥寺车站北口的公交车难得这么空旷。明日奈坐在后车门附近的座位,把书包放在膝盖上,"呼"地叹了一口气。

与阿尔戈意外重逢带来的温暖还留在她的内心深处,但与此同时也有一块小疙瘩。造成这个疙瘩的,是明日奈与另一名转学生——神邑樒的相遇。

樒没有对她表现出一丝一毫的敌意,虽然双方只交谈了短短几分钟,但她的态度自始至终都很稳重。她明明被分配到了隔壁班级,却特地跑来和明日奈打招呼——说是因为两人小时候在电子业界团体的宴会上见过一面才来的。明日奈并不记得这件事,不过据说这位神邑樒是KAMURA创始人的女儿,KUMURA是RECT的对头公司,也是欧古玛的开发制造商。

然而扰乱明日奈心绪的并不是樒的出身,而是她穿着艾特露娜女子学院的高中部校服。那是明日奈被囚禁在Sword Art Online之前就读的学校,是一所位于港区的私立小中高一贯校。

虽然明日奈只读到初中部,不过她记得同级生里并没有姓神邑的人。如此罕见的姓氏,再加上这样的容貌,她怎么可能在三年间完全没有留意到?

也就是说,樒从其他学校插班进入艾特露娜女子学院高中部,在离毕业还剩半年的时期又转学到了这所归还者学校。

明日奈问她这么做会不会影响考试,但樒说自己打算去国外留学,已经考取了国际会考的毕业证书,也拿到了SAT成绩单,而美国的大学将论文看得和分数一样重要,所以她是为了写一篇内容独具一格的文章，才选择来到归还者学校，体验一下这里的生活的。这一点明日奈倒是可以理解，不过还是有些诧异，而且像被人视为救助对象一样也让她高兴不起来。

她之所以会产生这种感觉，或许是因为楢身上穿的那件校服吧。如果没有SAO事件，明日奈说不定也会穿上那件灰色的西装夹克。艾特露娜女子学院初中部的校服是无袖连衣裙，没有什么特色，而高中部的西装夹克有一道藏青色的外翻衣领，看起来很是时髦。事实上妈妈也曾让她去参加其他高中的入学考试，她或许也穿不上那件校服，但现在突然出现在眼前，她还是免不了胡思乱想一番。

在归还者学校上学并不会让她感到自卑，她也不想让人生回到四年前再重来一遍。可是穿着那件校服的神邑楢简直就像……就像从未被囚禁在SAO，而是在艾特露娜女子学院一路升学的她一样……

"……真傻。"

她低语了一句，闭上眼睛。离吉祥寺站还有九个站，今晚估计又得熬到深夜了，能睡的时候还是多睡一点吧。

于是她把脑袋靠在公交的内壁上，却完全没有睡意。神邑楢近乎完美的伶俐美貌深深地铭刻在了她的脑海里，不知为何还让她隐约地感到了不安。

明日奈对现在的境遇没有任何不满，毕竟她遇见了自己真心所爱，可以无条件信任的和人与结衣，还认识了最好的伙伴——里香、珪子、诗乃，还有直叶。而楢走的是没有一点挫折的精英道路，不管她怎么看，明日奈也可以断言现在的自己很幸福。

——会这样胡思乱想，就说明自己的心已经乱了。

她慢慢地呼出一口长气，决定只想一些开心的事。

玩家被强制转移到UR这个神秘VRMMO世界的事件在The Seed连结体中引起了巨大的混乱，不过于现在的明日奈而言，挑战未知游戏的兴奋胜过了不安和恐惧。一旦死亡就无法再次登录这个刺激性的规则也根本吓不倒从SAO中幸存下来的她。

如今包括ALO的运营公司"尤弥尔"在内的众多企业正在合力收拾这个局面——阿尔戈是这么说的，事件总有一天会结束的吧。在那之前，她一定会想办法守住小木屋和同伴们，如果还有余力，她也想去解开这个世界的谜团。

可惜阿尔戈说她暂时不打算进入UR，不过她转学过来的理由与UR似乎不无关联。据她所说，她稍早之前就看到了UR事件的征兆，她本人也是为了挖出隐藏在事件背后的真相才决定转学到归还者学校的。

阿尔戈依然保持着绝不将毫无根据的消息说出口的做派，再加上会议时间有限，她也没有透露更多的情况，但似乎打算从外部调查UR的秘密。在学校道别时，她还笑眯眯地说了一句"内部的调查就交给桐仔和小亚啦"。既然对方说到这份上，也只能努力一番了。

明日奈从未抱怨过往返学校的时间太过漫长，唯独今天觉得如果家离学校更近一点就好了。不知不觉中，她内心深处的那一点点不适也渐渐消失无踪。

14

"我回来了——"

我一边这么说,一边拉开玄关的玻璃门,一声"欢迎回来!哥哥你动作真慢啊!"便立刻迎面扑来。

顺着声音一看,穿着运动服的直叶在胸前握紧了双手,正在**横框(注:在日式房屋玄关处连接室内与室外部分的阶梯)**处上蹿下跳。

"这有什么办法,我到学校的路程可是你的两倍啊。别看这样,我也是全速从车站冲回来的。"

现在明明是9月底,但我的额头上确实冒出了豆大的汗珠。从本川越站到桐谷家大约两公里,在六分钟内骑自行车抵达已经是我的最好成绩了,不过直叶似乎只需要五分钟,我也不好摆什么脸色。然而我这位聪明的妹妹并没有责备哥哥的龟速,而是将一直背手拿着的毛巾递了过来。

"来,给你!"

"哦,谢啦。"

我接过毛巾擦了擦汗,紧接着又出现了一瓶矿泉水。

"这个也给你!"

直叶扭开瓶盖之后才把水递过来,我再次道了谢,然后"咕咚咕咚"地一下子喝了半瓶。

"啊,感觉复活了……"

"那好,从这里再冲刺一把!"

我被直叶从背后推着上了二楼,来到自己的房间。刚换上T恤和短裤,直叶就门也不敲地闯了进来。

"准备好了吗?那赶紧走吧!"

妹妹喋喋不休地说,右手上还拿着惯用的AmuSphere。

"走?你打算从哪儿完全潜行啊?"

"当然是从这里啊!如果不约好时间,又只有一个人先进去了,说不定会遇到危险的。"

"哪有那么夸张……这又不是时间会加速的Under World,就算错过也就是一两分钟的事而已,还有,莉兹和西莉卡应该已经潜行进去了。"

"别说了,快点快点!"

我刚把AmuSphere戴到头上,直叶就猛地跳上了床,险些让木制的床板发出了"嘎吱嘎吱"的声音。我百般无奈地在她旁边躺下,随后她抬起右手,竖起三根手指说:

"倒数三下就开始了哦!三,二,一……开始连接!"

我和她一起念出口令,心里却想着"待会直叶把手一放就得打中我的侧腹了吧"。当然,我也没有机会看到这个结果了。

我一睁开眼睛,就看到了一片崭新的天花板。

今天凌晨4点左右,这里还开着一个足以看到天空的大洞,如今却不留一点痕迹。这栋小木屋——我心爱的"森林之家"从艾恩葛朗特被连根拔起,坠落的时候还摔得破烂不堪,但在之后与我们会合的莉兹贝特和西莉卡的帮助下,最后总算是成功修好了。

真是太好了……我躺在地上百般感慨地想着,就突然被人戳了戳侧腹。

"快起来啊,桐人!要做的事还多——着呢!"

"是是是……"

我坐起来看了看旁边,弄得莉兹贝特做的铁甲哐啷作响。而与我同时进行潜行的直叶——莉法依然穿着那身朴素的连衣裙。

接着我往室内看了一圈，由于所有家具都不见了，客厅里显得空空如也，也不见其他玩家的身影——亚丝娜估计还在回家的路上，但是莉兹、西莉卡，还有在我们上学期间轮流守护这栋房子的爱丽丝和结衣都在哪里呢？

锵！刚想到这里，窗外就传来了一声刺耳的金属音。像是锤子敲打铁砧的声音……不对，那是剑戟相交的声音。

"怎么回事?!"

我赶紧站起身来，开门冲去外面。

两个人影在被各种生产设备围着的前院中央持剑交锋的景象随之映入眼帘。Unital Ring世界的时间与现实同步，在红色夕阳的逆光之下，我看不清那两人的模样，只能看到其中一个人影和我差不多高，另一个则相当矮小，看着像是小孩子。

"呀啊啊！"

像小孩的人发出稚嫩而勇敢的呐喊声，挥下了两手紧握的剑。出击的速度倒是不错，不过另一边的高个人影轻松地用右手上的剑挡下了这一击，再次发出"锵"的金属声。编成粗辫子的金发在夕阳中发出了美丽的光辉。

到了这时，我才发现那个大人是爱丽丝，而在这位最强的整合骑士面前不露惧色地奋勇挥剑的黑发少女正是我和亚丝娜的爱女、最顶尖的自上而下型AI——结衣。

"喂……喂，你们两个在做什……"

出于条件反射，我打算闯进两人之间，莉法却抓住了我的肩膀。

"等一下，她们应该是在练习吧？"

"练，练习？"

我看了妹妹的脸一眼，然后再次看向院子中央。

确实,爱丽丝只是将结衣的攻击挡下,完全没有施以反击。不仅如此,她似乎还会在每次交手过后作出各种指点。

"看吧,没问题的。"

"嗯,嗯……"

听到妹妹这么说,我点了点头。不过我也没有见过结衣拿剑战斗的样子……准确来说,是她在艾恩葛朗特第一层的迷宫用GM武器击退最强级别的迷宫头目"命运之镰"(The Fatal Scythe)之后,我就再也没有见过了。现在她和我们一样是玩家,也有血条,就算爱丽丝不反击,但如果她被自己的剑伤到,HP也同样会减少。

我在一旁提心吊胆地看着,而结衣认真地听取了爱丽丝的意见,再次拉开一段距离,握着那把有着些许异国风情的短剑,摆出一个基本的中段姿势——

"呀啊!"

随着一声稚嫩而凛然的吆喝,她一口气冲了过去,让我不由得惊呼了一声。

VRMMO新手用剑攻击时,常常会把动作分解成"高举过头""用力挥下"两个阶段。在某些场合这么做也没什么问题,但在绝大多数情况下,还是用一个动作流畅地完成整个挥剑过程时的速度和威力更胜一筹。结衣反复使出的斩击就严格遵照了这种方式,事实上爱丽丝在防御时也不得不让左脚后退半步。

又是一阵清脆的金属声,两人瞬间停下动作,慢慢地拉开距离。

"结衣,刚才那一招相当不错。"

爱丽丝给出这么一句评价,我也使劲拍了拍手。两人同时看向我这边,爱丽丝显得有些羞赧,结衣则露出天真的笑容说:

"爸爸!你回来啦!"

见女儿用右手握着短剑跑过来,我赶紧拦住她,说:

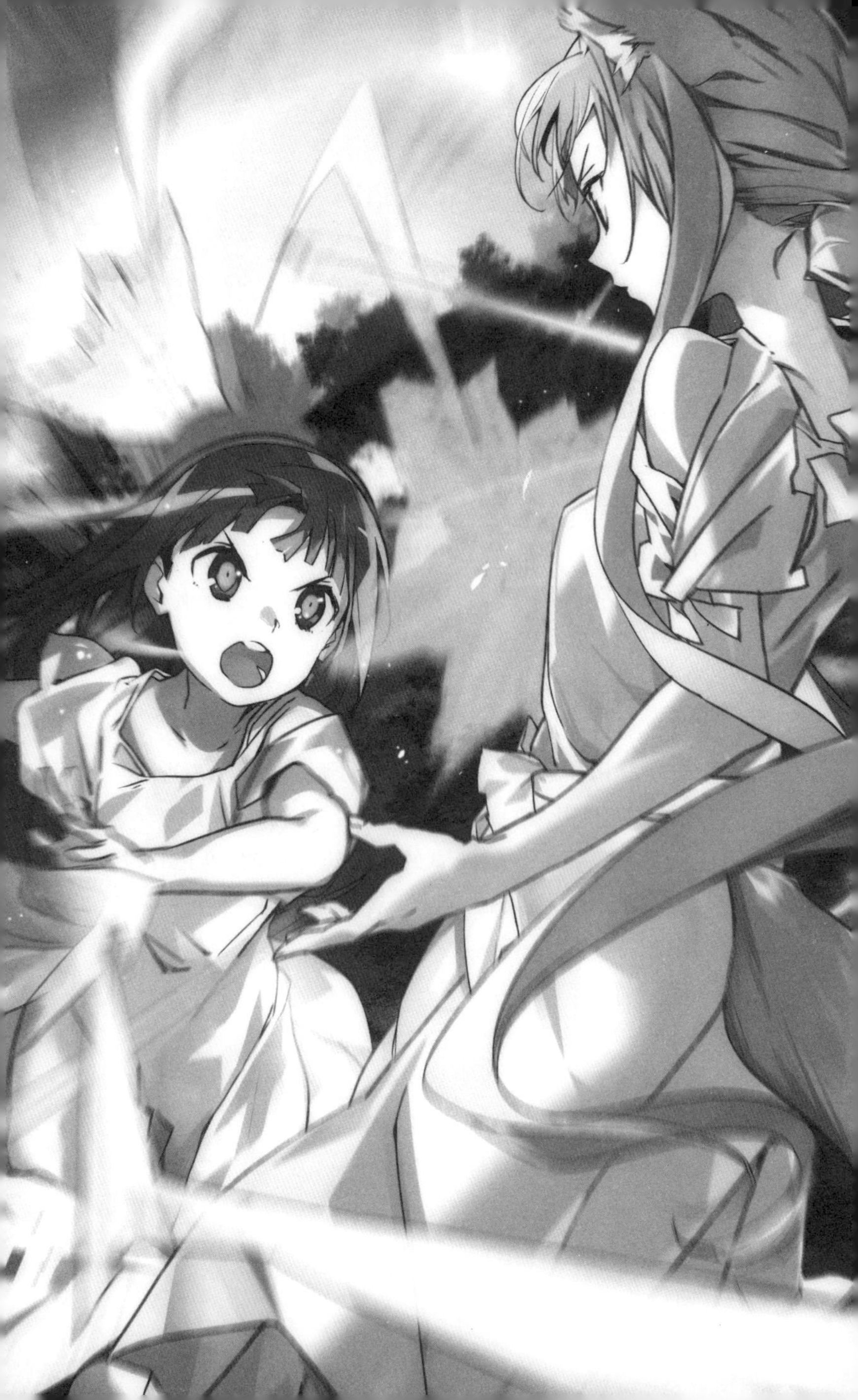

"喂喂喂,先把剑收起来吧。"

"啊,对哦!"

闻言她便来了个急刹车,把剑收进了左腰的剑鞘里。我抱住再次飞扑过来的女儿,来了一次"举高高"之后便让她坐到左臂上。

"我回来了,结衣。那个……你怎么突然练起剑来了?"

"当然是为了战斗呀!我单手剑技能的熟练度已经上升到7了!"

"哦哦,你还挺努力的啊。"

说完我便用右手摸了摸结衣的脑袋,她很开心地嘿嘿笑了起来。

我的单手剑技能是从ALO继承来的,熟练度已经达到了最高的1000,但其他新获得技能的熟练度都在2和3左右,而她一天之内就让技能熟练度上升到了7,确实是挺厉害的。

"既然熟练度上升了,那应该也能用一些剑技了吧?"

"我看看……"

结衣迅速用右手打开环形菜单,移动到技能页面边看边说:

"啊,我可以用'垂直斩''水平斩击'和'斜斩'了!"

"哦哦,这三招可是所有招式的基础哦。等熟练度再上升一些,我就教你'绝命重击'还有'咆哮八音符'这种超炫的招式吧。"

"好的!"

结衣开朗地答道。不过——

"桐人,关于这件事……"

重合的另一个声音让我把目光移了过去,穿着白色连衣裙的爱丽丝不知为何正愁眉苦脸地朝这边走近。

"嗨,爱丽丝,谢谢你帮忙看家和指导结衣。对了,你说这件事怎么了?"

"你也看一下自己的技能窗口吧。"

"咦?哦……好。"

我点了点头，用右手指尖在空中画出一个圆，环形菜单随即"刷啦"一声弹了出来。点击右上方的技能图标后，打开的窗口里显示着已获得技能的一览表，因为是按熟练度大小排序的，排在最上方的毋庸置疑是单手剑技能……

"……咦？"

我瞪大双眼，直盯着熟练度的数值看。昨天看的时候确实是最大值1000，现在却少了一个0。

"1……100?!为什么……"

"看来是昨晚缓冲期结束后，继承过来的技能熟练度也下降了。不仅如此，高级剑技都不能用了。"

"不会吧……"

见我发出呻吟，一旁的莉法也打开了窗口，随即叫道："啊！我的也是——！"兄妹俩险些一起无力地垂下脑袋，不过我在千钧一发之际忍住了。

"不，不对，等一下……昨晚缓冲期结束之后，我们不是还和那些PKer打过吗？当时我确实还能使出'绝命重击'，那可是等级很高的技能啊。"

"那你再看看剑技一览表。"

在爱丽丝的催促下，我点击了单手剑技能。随之弹出的副菜单里罗列着当前可使用的剑技，排在最上边的是基本单发技能"垂直斩""水平斩""斜斩"，然后是二连击技能"垂直弧形斩""水平弧形斩"、下段位的突进技能"愤怒刺击"、上段位的跳跃技能"音速冲击"，接着是三连击技能"锐爪"……当中名字亮着的就是这些，再往下的"垂直四方斩"是灰色的，点击之后还出现了一个写着"可使用熟练度:150"的窗口。这个数值和SAO、ALO都不一样，这倒是没什么，但这么一来就说不通我昨天为什么能使出高级剑技"绝命重击"了。

接着我滚动清单,在很靠后的位置找到了"绝命重击"的名字,确实也是灰色的。可使用熟练度是……700。与现在的100相比简直是一个天一个地。

"这到底是怎么回事……我昨天该不会只是做出了那个动作而已吧?"

我这么嘀咕道,怀里的结衣也微微歪着脑袋说:

"在昨天的战斗里,爸爸使出的'残暴施力点'和'绝命重击'确实都产生了光效,我认为不只是模仿了动作而已。"

"说得也是……"

说完我便点了点头,把结衣交给莉法,然后走到院子中间,拔出那把虽然造型有些粗糙,分量却很靠谱的"上等的铁制长剑"。我沉下腰,把左手伸向前方,再将右手上的剑往肩膀上一拉,但发动剑技前的光效并没有出现。

"喝!"

我不死心地试着刺出长剑,结果就只是一次单手突刺,既没有"绝命重击"那血一般的红色光效,也没有类似喷气引擎的轰隆声。我又试了第二、第三次,但结果都一样。

"桐人,你这样子有点蠢哦。"

"我,我知道啊!"

我像小孩子似的回应了百般无奈的爱丽丝,接着试了第四次——

咻轰轰轰轰轰轰——砰!

"哇啊啊啊啊啊?!"

往前突刺的长剑散发出深红色的光辉,同时拉扯我的身体,把我拖到三米高的半空中,又让我脸朝下地坠落。

"唔咳!"

视野左上方的血条缩减了一些，我像一只落地的青蛙似的呻吟着，爱丽丝跑过来伸出手问道：

"你，你没事吧?!"

"嗯嗯……还好……"

我在她的帮助下起身，直勾勾地观察右手里的长剑，之后又和她对视了一眼，战战兢兢地问：

"刚刚是发动了吧？那招'绝命'……"

"你们这些现实世界的年轻人总喜欢随意缩略，真让人不快。"

见爱丽丝无名火起，我便随口说了一句"抱个歉啦"以表歉意，结果她又用冰冷的目光瞪回来，吓得我赶紧换回正经的语气：

"……刚刚应该是发动技能了吧？请问您有什么看法呢？"

"爱丽丝小姐，你也试一下吧！"

说出这句话的是被莉法抱着的结衣。爱丽丝朝她看了一眼，点头说了一句"那好吧"，然后拔出了腰上的长剑。这把剑和我的是同款设计，应该也是现在还没看到人影的莉兹打造的吧。

我刚退到莉法旁边，爱丽丝便拿着长剑，摆出一个八相（**注：日本剑道的持刀姿势**）的姿势。

她出生的Under World里也存在着源自SAO的剑技，被称为"秘奥义"，所以在ALO世界里也能很快地自由施展众多剑技。不过比起快速连击剑技，爱丽丝似乎更喜欢一击必杀型的，此时准备发动的应该也是单手剑的高级单发剑技"冰结之刃"。

她踏出左脚，将长剑架在右后方，往上一挥——原本此时应该会出现青紫色的光效，但长剑并没有发光。不过爱丽丝还是大喊了一声：

"喝！"

随着一声吆喝，她像是要把剑插进地面似的用力挥下了长剑。

虽然这记斩击相当漂亮,却没能发动"冰结之刃"。随后她收回长剑,又重复了一次一模一样的动作。两次,三次,四次……就在我开始怀疑刚才那招"绝命重击"是不是系统Bug时——

在她第七还是第八次高举长剑的时候,一道像是蓝色火焰的光芒垂直地迸发了出来。她狠狠地挥下剑,爆发出一阵仿佛冰河崩裂的沉重声响之后,空中便多了一道摇曳的青紫色轨道。不用怀疑,那正是"冰结之刃"的特效。

"咦,技能发动了?!"

听到莉法的惊呼,我连连点头。虽然不清楚是系统Bug还是设定问题,但看来只要坚持尝试,那些因熟练度不够而无法使用的高级剑技也是可以发动的,就是成功率只有一两成,要在实战中倚靠这个救命未免有些悬乎,原因不清不楚的也让人很不爽。

我转而看向被莉法抱着的结衣,她现在只是一名玩家,没有访问系统的权限。偶尔也靠自己的脑子思考一下吧……我在心里想道,但也想不出个所以然。

"爸爸,这个现象的起因会不会与玩家或道具无关,而与场所有关呢?"

结衣神情严肃地说,我便指着自己脚下问道:

"场,场所?你是说这块空地有什么特殊效果吗?"

"不,不是这块空地……"

我顺着结衣的目光看去,只见那栋修缮过的小木屋正被夕阳照得泛红。这时我才终于明白她的意思,一路小跑着回到屋子旁边,用指尖点击墙壁。在弹出的窗口里,第一行文字是建筑物的名字"柏木制的圆木小屋",下面是屋主,也就是我和亚丝娜的名字,再往下则是表示耐久值的彩色计量条。明明今天早上已经彻底修复了,叠在彩条上的数字却是"12433/12500",这就表示

Unital Ring世界里的建筑物的耐久值会自然减少。虽然这个设定很麻烦,但减速应该在120/天左右,算下来就算彻底搁置也能维持一百多天。

窗口下方有四个并排的按键,从左边开始依次是"信息""交易""修复""分解",其中"交易"和"分解"这两个键应该是我永远都不会按的。我在心中这么坚信的同时按下了"信息"键,爱丽丝、莉法,还有结衣也从左右两边探头过来查看。

随着一道轻快的声响出现的副窗口里罗列着这栋屋子的简要说明、占地面积、储物库容量和针对各种属性的防御力等数值,最下面还有一栏"特殊效果"。

应该就是这个了。我全神贯注地阅读里面的文字,上面只记载了一个效果——"等级1/森林加护:以建筑物中心为圆心,在半径三十米的范围内,屋主及其好友玩家及队友有较小的概率可发动未满足使用条件的攻击技能"。

"……哦,原来是这样啊……"

我低语着,再次摸了摸结衣的脑袋。

"看来结衣的推测是完全正确的。不过,在ALO的时候有这个'森林加护'吗……"

"不,ALO里并没有这样的系统。"

结衣摇头道,莉法则插了一句:

"我说,这里写着等级1呢。就是说还有等级2和等级3的特殊效果咯?"

"应该……有的吧。就是完全想不到该怎么解锁这个等级。"

我歪了歪脑袋,爱丽丝瞥了我一眼,说:

"是不是靠培育就能升级了呢?就像我们一样。"

"你说培育……是指培育屋子吗?要怎么做?"

"例如增加房间、强化构造之类的。我在卢利特附近的森林里建房子的时候也是这样,一开始就是一个窝棚,只有简单的屋顶和墙壁,之后才一点一点地扩大。"

"哦,哦……原来是这么回事啊。"

我的回应听起来多少有些生硬,但这也是无可奈何的事。好几个月间,爱丽丝似乎一直都在那栋屋子里照顾陷入心神丧失状态的我,虽然当时的事都记不太清楚了,不过脑海里还隐约残留着她用勺子喂我吃饭、让我躺到床上、哄我睡觉的记忆,所以在感谢的同时,我心里也涌出了同等分量的羞怯。

"那……那什么,总而言之,一会儿能,一会儿不能发动高级剑技的原因肯定就是这个了吧。在昨晚那场战斗里,能顺利发动'绝命重击'还真是走运啊。"

"这样一来,要做的事又多一件了啊——"

听到莉法这句话,我不禁皱起了眉头,而妹妹以一副理所当然的模样继续说:

"就是提升屋子的等级啊!我真的很好奇等级2和3的特殊效果会是什么!"

"啊……哦哦,这倒也是……"

虽然我点头了,但心里对改造扩建小木屋这件事还是多少些许抗拒——因为我比任何人都清楚亚丝娜自SAO时期起就不曾间断地为它倾注了多少心血。

然而结衣似乎看穿了我这点犹豫,很干脆地说:

"没关系的,爸爸!妈妈不是那种很看重外表的人,只要本质没有改变,我想她是完全不会介意屋子形态的变化的!"

"本质……是指什么?"

"当然是可以让爸爸、妈妈、我,还有莉法小姐、爱丽丝小姐、莉兹小姐、西莉卡小姐和诗乃小姐真心感到舒适的地方呀！"

"……是啊，你说得对。"

我慢慢点头，再次摸了摸结衣的脑袋。

"不过……现在说扩建还为时过早了。首先得巩固这一整块地方的防卫才行……"

我一边说一边再次环视这片空地，这是在森林深处开辟的一个直径约为十五米的空间，东边这一半被小木屋占据着，西边那一半则摆放着炼铁炉、铸造台、素陶烧窑等大型生产设备。虽说只要有素材道具就可以用轻松地制作出这些设备，但收集必要素材也不是一件易事，所以我还是想尽可能地守住整个阵地。今天我们上学期间，结衣、爱丽丝，以及亚丝娜驯服的"长嘴大鼍蜥"——阿鼍就在这里帮忙看守，不过如果昨天让我们一番苦战的"棘针洞穴熊"或者新的敌对玩家团队攻过来，单凭她们两个和一只怪物也很难守住。

高傲的骑士大人似乎也明白这一点，和我一样环视着周围说：

"我想先在这块草坪的外周建一圈围墙。可以的话最好是石砌墙，而不是木墙。"

"说得也是……不过要围一整圈还真不知道要多少石头，如果阿多米尼斯多雷特阁下在就好了……她一个响指就能造出铜墙铁壁了吧……"

那位现人神仅凭神圣术就变出了"不朽之壁"，把直径达一千五百公里的人界分为四等分了。我刚说出这个名字，爱丽丝就狠狠地瞪着我说：

"你尽管试试拜托最高祭司大人做这种小事，小心被她变成蟋蟀之类的东西。"

"会吗？感觉只要请她吃两三块高价蛋糕就愿意帮这个忙了。"

——对吧，尤吉欧。

　　我在心中呼唤故友，又立刻轻轻摇了摇头。这时我才突然想起RATH的神代凛子博士昨天托爱丽丝捎来了"29日15点，高级蛋糕店"的口信，但这则暗号般的信息的真正发信人恐怕并不是神代博士。为了确认这件事，29日，也就是明天的下午3点，我必须去银座的咖啡厅一趟，但仔细一想，明天是忙碌的工作日，我得从归还者学校所在的西东京市搭乘西武新宿线到高田马场转乘地铁东西线，并在日本桥站转乘银座线，在银座站下车才能到达，全程需要八十分钟左右。如果不翘掉下午的课，肯定会赶不上的。

　　为什么偏要指定这个时间啊？我暂且咽下这句埋怨，将注意力拉回到当前面临的问题上。既然我们没有最高祭司大人那种超能力，也只能老老实实地去收集材料来砌墙了。

　　还好我已经知道砌墙不需要拿石头一块一块地堆砌了——初级工匠技能的制作菜单里有一项"粗糙的石墙"。虽说粗糙这个形容词让我有些生腻，不过在技能熟练度上升之前也只能忍着了。

　　"……那我们先一起去河滩捡石头吧。"

　　我关掉小木屋的属性窗口这么说道，爱丽丝、莉法和结衣齐齐点了点头。

　　"虽然有点不放心，但看家的工作就交给阿鼹……咦？那家伙去哪儿了？"

　　环顾了广场一圈，还是找不到应该在看守屋子的长嘴大鼹蜥"阿鼹"。该不会是解除驯服状态，变回野生的了吧？这样的话亚丝娜会失望的。我正着急时，身后就传来了很有特征的叫声：

　　"嘎——！"

　　于是我赶紧回过头去，看到阿鼹正在沿着南侧河滩的小路一蹦一跳地走着，它后面还有西莉卡和莉兹贝特的身影。

两人一看见我和莉法就一路小跑往这边靠近，还说：

"桐人，你真慢！该不会是在回家路上跑去吃什么东西了吧！"

莉兹气鼓鼓地瞪着我，她旁边的西莉卡也苦笑道：

"桐人哥的家离学校这么远，确实需要这么长时间啦。"

阿鬣和骑在它头上的毕娜分别"嘎！""唧！"地叫了一声，也不知道到底是在认同莉兹还是西莉卡的话。不管怎么说，阿鬣的驯服状态似乎并没有被解除。

"你们刚才去哪儿了？"

我姑且问了一句，莉兹便摸着阿鬣的脖子答道：

"这孩子好像一天不冲几次澡就会掉血，所以我们就带它去河边了，顺便收集石头。"

"哦哦，辛苦你们了。不过蜥蜴怎么还有这种麻烦的体质……"

"爸爸，其实现实世界里也有很多半水栖的蜥蜴哦。莫顿水巨蜥和中国棱蜥之类的，都非常有名呢。"

结衣立刻解释道，我听得频频点头。仔细回想一下，一开始发现阿鬣的时候，它就是从河里出现的。那张鸭子似的大嘴就是它属于水栖种的证据。

"那还得赶紧挖一口水井呢，要做的事真多啊！"

我转头看了看视野右下方的时刻表，确认时间。现在是下午5点50分——今天应该不能通宵潜行了，就算是到今晚12点……不，是到凌晨2点才下线，也只有差不多八小时的时间。这让我不由得怀念起了一整天都泡在旧SAO里攻略的时光。

长叹一口气，收拾好心情后，我也准备前往河滩收集石头，却被抱着结衣的莉法拦住了去路。

"我说哥哥，还是先和诗乃会合之后再弄这些吧？长远来看多一个人做事也快一些，战力上也可以放心。"

"嗯,是这样没错啦……"

我以一个微妙的角度点了点头,对莉法的意见表示同意。

放学后的那场会议上,诗乃让我们震惊了好几次。她的大本营GGO也有很多玩家被强制转移到了这个世界——这一点我是有料到的,不过她那边的人似乎还能带枪进入。

既然我们ALO玩家可以带剑或长枪,那GGO玩家不能携带武器也太不公平了。只不过他们的武器是枪械,而且GGO世界里不仅有装填火药的实弹枪,还有会发射激光的光学枪,引发这起事件的人到底要怎么维持这种世界观的整合性?

话虽如此,这也不是现在该担心的问题。若要打个比方,诗乃的爱枪"黑卡蒂Ⅱ"就相当于ALO中需要咏唱三十个单词才能发动的最高级攻击魔法,具有超强的攻击力。虽然她储备的子弹都不见了,不过能持枪也大概能在某些地方找到补给,和她会合之后,据点的防卫或许会轻松许多吧。

然而最大的问题在于——

"可我们根本不知道诗乃所在的鸟人村落在哪个方向啊……"

见我耸了耸肩膀,西莉卡也很是担心地点了点头,说:

"诗乃说她完全没有听到艾恩葛朗特坠落时的冲击声,照这样看,GGO玩家和我们的初始位置应该相隔很远吧。"

"唔唔……"

我发出低吟声,莉兹贝特也打开环形菜单,点击了左下方的地图图标,随之展开的地图上有颜色的范围比我和莉法的都要大得多。

"我看看,这里就是ALO玩家开始游戏的遗迹了吧。艾恩葛朗特的坠落地点在这里,北边是巴钦族的村落,而离那里很远的东北方就是这栋小木屋……我和西莉卡是从村庄那边走过来的,但是一路上都没看到诗乃说的大恐龙和蜈蚣型怪物，对吧？"

西莉卡也连连点头，接着像突然想起了什么似的在地图上比划了起来。

"我们从巴钦族的村子走到这里的路上，一开始还是飞沙走石的荒野，然后逐渐变成草原，最后是渡过这条大河之后才来到森林的。不过诗乃说她那边几乎都是沙漠，完全找不到水，所以我觉得很可能是在森林的相反方向。"

"嗯嗯……"

我、莉法和爱丽丝一起点头表示同意。西莉卡的意见很有说服力，但如果不清楚大概的距离有多远，就算猜对了方向也不能鲁莽地去找——除了HP以外，这个游戏里还有SP和TP，进行长距离移动前必须先准备好水和食物。

想到这里，我就微微感到了空腹和干渴。游戏设定也没有那么不近人情，玩家下线时各种计量条都会维持原状，所以SP只下降了两成，TP也只少了三成左右，但开始劳作后减速大概会加快不少吧。饮水方面附近就有一条河，至于食物，熊肉应该还剩了一些，还是早点做好稳定供给的系统为上。

"看来得在森林里开垦农田才行了……就是还不知道能不能这么做……"

我这么低语了一句，结衣随即认真地回应道：

"我把这个也追加到待办清单里吧！"

"谢，谢啦……顺便问一下，现在待办清单里都有些什么内容？"

"虽然没有标注优先顺序，不过有'建防御墙''扩建小木屋''制作所有人的武器和防具''提升等级''提高怪物驯服率''挖水井''开垦农田''和诗乃小姐会合'以及'前往极光所指之处'！"

"……"

所有人都陷入了沉默，面面相觑。最后一项是最终目标，只能之后再办，但除此之外的事项的优先级也都差不多高。

"……先从建墙着手吧。"

我打起精神这么说，莉兹贝特也颔首道：

"我们就是为了这个才捡这么多石头的，我先试着砌个墙吧。"

"嗯，拜托你了。"

莉兹对我竖了个大拇指，收起地图，打开技能窗口，从初级工匠技能的可制作道具一览表中选中"石砌墙壁"，一个淡紫色的透明虚拟物体就出现了。她用生疏的动作拖动虚拟图像，拉到广场和森林的交界处就停下来问道：

"建在这里可以吗？"

"等一下。"

我跑到透明的石墙侧面，慎重地确定位置和角度。

"再往里面移十五厘米……然后再向右转一点点。"

"这，这样吗？"

莉兹微微挪动手指，虚拟图像也一点点地移动。当它被拖到合适位置时，我马上喊了一声：

"就是这里！"

在莉兹握紧右手的瞬间，空中便掉下几块灰色石头，落到刚好和虚拟图像重合的地方就实体化了。这道墙的高度和宽度均为一米五，厚度约为三十厘米，大大小小的石块都不留一丝缝隙地垒好了，赶工制造的感觉并没有想象中那么强烈。为防万一，我试着轻轻推了一下，墙本身没有一丝晃动，也没有石头掉下来。

"凭这个应该能挡住一般的怪物吧。"

我一边拍拍墙壁一边说，爱丽丝却神情复杂地回道：

"可以吧……但估计挡不住棘针洞穴熊的冲撞，玩家也能翻越过来。"

"那就只能祈祷它暂时不要靠近了,至于对付玩家的方法……"

我转而望向莉兹贝特,继续说:

"莉兹,做这样一道墙要用多少石头?"

"我看看,'灰崩岩'三十个和'粗糙的灰色黏土'五个,都是河滩上最容易捡到的。"

"我们还剩多少灰崩岩和黏土?"

"石头是一百二十多个,黏土差不多二十个吧。"

莉兹刚这么回答完,一旁的西莉卡就举起了右手。

"我也捡了一百个石头和十五个黏土!"

"谢啦,西莉卡。就是说你们手头上的素材还可以做七道墙咯?莉兹,试试在这道墙上再叠加一道吧。"

"好——"

莉兹贝特点了点头,再次打开窗口操作。刚把浮现的虚拟石墙拖到刚才建好的那道墙附近,自动调节功能就自动启动,让虚拟图像紧贴在了右侧。随后她尝试从那里将虚拟石墙往左轻移,它立马就往上一弹,堆在原先的墙壁上方了。

"啊,看来能行。"

"很好,那就拜托了。"

随着又一阵"咚咚咚"的沉重声响,新出现的石墙就叠加到了第一道墙上。这样高度就有三米了。虽然算不上是滴水不漏,但除非是身轻如燕的玩家,否则想翻墙都得先犹豫一会儿。

当然了,现在这道墙还只能算是单薄的柱子,广场的直径是十五米,周长约有四十七米,若要用一米五宽的石墙将这里围起来,就需要三十二道墙。由于还要往上叠加一层,数量还得翻倍,总共六十四道。就在我不想去计算要捡多少个灰崩岩的时候——

小木屋的门被人猛地打开,身穿白色连衣裙的亚丝娜飞奔出来说:

"各位,对不起!我来晚了!"

"亚丝娜,你来得正好!六十四乘以三十等于多少?"

我立刻指着她问道,她顿了一下才回答"一千九百二十",然后诧异地补问了一句:

"……你问这个做什么?"

"我们想用那种墙围起整个广场,在算需要多少石头。"

我把原本指向亚丝娜的右手食指移到炼铁炉旁边,那里屹立着一道灰色的石墙。

"哦哦……"

亚丝娜点了点头,表示明白。

"哥哥,刚才那题你心算不出来也太糟糕了吧……"

莉法则忧心地说。

我们一行人来到河滩上,借着即将西沉的夕阳尽可能多地捡了一些灰崩岩和黏土,然后回到广场,由习得初级工匠技能的我和莉兹负责砌墙,再重复这些步骤……这个工程持续了一个小时,当整个广场围上一圈三米高的墙壁时,太阳已经完全下山了。

实际上我们还在南北两边的墙壁上各设置了一道木门,所以需要的石头数量比亚丝娜算的稍微少了一些,但也是一个巨大的工程。相对地,墙壁砌好时的成就感也更大了一些,包括爱丽丝在内的所有人都忍不住一次又一次地互相击掌。

"果然有了墙壁就能放心了!"

闹腾了一阵之后,西莉卡说出了自己的感想,我也重重地点了点头说:

"是啊，古代希腊人在砌好城墙的时候应该也是这种心情吧。"

"不过这里比雅典和科林斯小多了。"

亚丝娜吐槽了一句，我贼笑着回道：

"不不不，以后会一点点扩大的。总有一天，我会把这里建成像雅典……不，像圣托利亚一样的大都市。"

这次轮到爱丽丝加入吐槽了。

"哦，真敢说呢。那我就拭目以待了。"

"包……包在我身上。"

我拍拍胸口说道，及时换了个话题：

"这样总算解决一件待办的事了。接下来是……"

"我我我，看这边看这边！"

莉法挥着右手喊道。

"我也想要剑和铠甲！"

"……唉，我就知道……"

全队就我一个全身穿着铁制铠甲，总不好当面无情拒绝。莉兹和西莉卡都装备了巴钦族送的皮革铠甲和金属武器，而结衣和爱丽丝虽然没有防具，但也有铁制长剑，唯独莉法和亚丝娜的装备依旧是天音草纤维制成的连衣裙，外加一柄石刀或石斧。

幸好队伍里有继承了ALO锻造技能的莉兹，技术方面大可放心，但问题在于打造武器和防具需要大量的铁矿石。昨天从棘针洞穴熊的老巢里获取的矿石，还有那些PKer掉落的铁制装备几乎都用来修复小木屋了。要想获取更多铁矿石，就必须再次深入熊穴，不过洞穴的主人应该早就刷新了。对付昨天那头熊时，我们是从小木屋的屋顶扔下了一大堆圆木才将它解决的，但我不认为同一招还能奏效第二次。

"结衣，巴钦族的人有没有说过在哪里可以拿到铁矿石？"

我向结衣问道——毕竟七个人当中只有她能听懂NPC的神秘语言——但少女轻轻摇了摇头，说：

"对不起，爸爸。我没有打听到那方面的信息……"

"你不需要道歉，都是我不好，在问去哪里找硅砂和亚麻的时候居然忘了顺便问下有没有铁矿之类的地方。没关系，总有办法解决的。"

"就是啊，结衣，桐人他一定会想出办法来的。"

亚丝娜抱着结衣，温柔地笑着说。结衣乖乖地点了点头，随后又忧心忡忡地看着我说：

"……爸爸，具体该怎么做呢？"

"当然是从正面发起攻击，打倒那只棘针洞穴熊啊……不对，等一下。"

我往右转身，看着头上顶着毕娜的西莉卡说：

"也不一定要打倒，要是能驯服它就再好不过啦。大概驯服之后也不会再刷新了。"

"咦咦咦?!让我驯服熊吗?!"

西莉卡吓得身体往后一仰，我笑嘻嘻地对她说：

"就连没有驯服技能的亚丝娜都能收服那只鸭嘴龙，你继承了ALO的驯服技能，区区一头熊应该不成问题吧……"

"桐人哥，很遗憾，我继承的是短剑技能。"

"咦，是吗？是因为短剑技能的熟练度更高一些吗？"

看到我这么直白的反应，西莉卡像在闹别扭似的噘起嘴巴说：

"桐人哥，把驯服技能的熟练度练到1000是一件很够呛的事啊。据我所知，整个ALO里也就只有猫妖族的领主亚莉莎小姐把熟练度提升到了上限。"

"是我失言了……那现阶段我们一行人中还是亚丝娜的驯服技

能熟练度最高喽……"

我抛去视线，亚丝娜眨了两三次眼睛之后就拼命地摇起了脑袋，说：

"我，我也是做不来的哦。驯服那头熊什么的……"

听到这个倒装句，我不由自主地开始思考该怎么哄骗……不，是说服她去做这件事。

"与，与其勉强亚丝娜小姐去做，不如让我来吧！"

不知是因为身上穿着巴钦族制作的防具，还是出于作为驯兽师的尊严，西莉卡往前跨出了一步，这么宣告道。亚丝娜还想说些什么，但我"唰"地一下伸出双手制止了她。

"没关系的，亚丝娜小姐。虽然我没见过那头熊，不过动物型怪物的驯服难度应该比昆虫型或恶魔型低一些，我会努力提升驯服技能的熟练度，尽快把它拿下的！"

——这头熊估计和西莉卡想象的大不一样啊……

不仅是我，估计亚丝娜、莉法和爱丽丝也是这么想的，但在她们三个开口之前，我就走上去一把抓住西莉卡的肩膀说：

"真不愧是在SAO世界享有偶像驯兽师盛名的西莉卡。听到你这么说，我就放心多了。那就拜托你啦！"

"嘿嘿嘿……我会努力的。"

西莉卡不好意思地笑道。看到她右后方的亚丝娜叹气，我赶紧顺着话题继续说：

"亚丝娜，你教教西莉卡怎么获得驯服技能吧。刚才我在从河滩回来的路上看到森林里有些类似于狐狸的怪物，刚好可以拿来当练习对象。我和莉兹、爱丽丝、莉法就趁TP条告急之前把水井挖出来好了。"

"这倒是没问题……不过这个游戏允许我们随意挖地吗？"

莉兹贝特这个问题让我瞬间停下了动作。

包括ALO在内的大多数VRMMO都不允许玩家改变地形，如果允许这种行为，地图设计就会变得毫无意义，也肯定会有人在路上到处挖坑，肆意妄为。

虽然Unital Ring在很多方面都不像是一个普通的游戏，但应该也不能随意改变野外的地貌吧……我昨天好像也思考过这个问题，转念一想，还隐约记得初级工匠技能的制作菜单里有——

"……你看，有水井。"

我指着弹出的窗口给莉兹她们看，我记得没错，确实有一行文字写着"石砌的小型水井"。

"是不是像炼铁炉那样，只要设置了水井就能用水了？"

莉法这么问了一句，我想也没想就反驳道：

"呃，有这么简单吗？要是手上有材料就能瞬间设置好水井，那TP条不就没什么存在意义了？"

"干吗对着我说？你现在试试不就知道行不行了吗？"

她说得倒也没错，于是我确认了制作水井需要的素材种类和数量：三百个石头，二十根加工好的圆木，十个黏土，五十枚铁钉和一把铁锁。

"唉，素材完全不够啊。石头和圆木去取就行了，铁就……"

"果然没那么容易啊。"

爱丽丝耸了耸肩膀，瞥了炼铁炉一眼，说：

"看来不论要做什么都得先确保有足够的铁，可是西莉卡的驯服技能还要花些时间才能提升，我们是不是得再去跟那头洞穴熊打一场？"

"唔唔……如果这是普通的游戏，做好团灭的思想准备去挑战一次倒也无妨……"

听到我这么低吟,爱丽丝等人都露出了为难的表情。

在Unital Ring里,一旦死去就无法再次登录,也无法直接返回ALO——因为这起事件席卷了众多VRMMO世界,服务器里的数据资料都被改写了,这些游戏现在正处于停服状态。听说还有几款游戏尝试以回滚的方式进行修复,但即使重新安装了The Seed程序,也还是无法正常启动……阿尔戈是这么说的。在这种情况下,竟然还要孤注一掷地挑战超级强敌棘针洞穴熊,就是人称无理、无章、无谋的三冠王的我也有些退缩。

"铁……铁啊——"

我双手抱胸,抬头往夜空望去。不论是在SAO还是ALO,铁制的武器和道具都可以在起始城镇买到,所以从来不觉得很稀罕。怪物身上也会掉落很多铁制道具,而拿不走的基本都会随手丢掉,但现在真想把它们统统捡回来。

如果把附近的区域仔细探索一番,或许还能在熊洞之外的地方发现铁矿石吧。不过按照一般游戏的常识,在这附近获取铁的难度应该被设定成了"玩家能稳定战胜棘针洞穴熊的级别",只靠暴露在野外的矿石也大概率无法形成稳定的供给链。只有解决那头熊,这片土地才能迎来真正的铁器文明时代。

"……我们去找诗乃吧。"

我轻声说道,结果不仅是爱丽丝,就连在稍远处聊着驯服技能的亚丝娜、西莉卡和结衣都往我这边投来了目光。最后亚丝娜以严肃的声音打破了压抑的寂静:

"我也想早点和小诗诗会合……可别说是位置了,我们就连她在哪个方向都不知道,要怎么找她呢?"

"西莉卡她们遇到的巴钦族或许听说过诗乃那边的鸟人,我也想获取一些铁矿石的信息,要不先去巴钦族的村子一趟打听下情况吧。"

我依次看着同伴们的脸,定下了计划:

"亚丝娜、西莉卡和爱丽丝留下来守着小木屋,我、莉法、莉兹和结衣一起去村子那边……怎么样?"

"我明白亚丝娜和西莉卡要留下来提升驯服技能,但为什么我也要留下?"

爱丽丝略带不满地问道,我坦率地说出了自己的想法:

"因为有你守着这个屋子,我会很放心。"

"……既然你都这么说了,我也不好拒绝。好吧……不过下次远征我一定要参加。"

作出这番干脆的宣言之后,爱丽丝便转身走到了亚丝娜和西莉卡的旁边。亚丝娜用右手抚过她的后背,就像在血盟骑士团担任副团长时那样以清亮的嗓音说:

"我们会好好守护这个家的,桐人你们也要平安归来。说好了哦。"

"……好。"

我点了点头,莉兹也回了一句"一定会把诗乃带回来的!"结衣则冲到亚丝娜身边,紧紧地抱住了她。看着这一幕,我打开道具栏,做了一件之前一直想做的事。

首先是将之前移动到主工具栏的长剑"布拉克维尔德"实体化。这把从ALO继承过来的爱剑对等级要求很高,就算我现在升到13级了也无法装备。接着我把浮现在窗口上的长剑移动到莉兹贝特跟前,说:

"莉兹……难得你为我打造了这把剑,但很抱歉,我可以熔了它吗?"

"咦咦?"

这位打造了"布拉克维尔德"的锻造师频频眨着眼睛说:

"这,这是该由你这个主人决定的事啦……不过,我可不保证在这个世界里也能造出同样等级的剑哦。"

"我知道,但这把剑估计得升到40或50级的时候才能装备。在那之前,与其一直将它雪藏在道具栏里,还不如现在拿出来为大家做点贡献。"

"……嗯,好吧。"

莉兹贝特莞尔一笑,正要把右手伸向窗口上那把黑色的长剑。

"啊,等一下!你一碰就会掉到地上,再也抬不起来了。"

"啊,对哦。"

"稍等一下,我直接把它放进炼铁炉。"

我一路开着道具栏走到广场西侧,打开炼铁炉的操作窗口,把"布拉克维尔德"丢了进去,浮在半空中的爱剑就化作光粒消失了。往炉子的燃烧室里添了柴之后,我又把操作转交给了莉兹贝特。

锻造师合了合掌,似乎是在悼念自己亲手打造的剑。随后她用打火石点燃了薪柴,火焰很快就烧得红旺,不停摇曳着。再过了一会儿,就发出轰隆隆的声响,开始剧烈燃烧。

昨晚煅烧铁矿石时只烧了几十秒就开始熔化了,而"布拉克维尔德"的火焰维持了将近两分钟,但最后还是变成发出白光的铁水从出口淌下,灌进一个长方形的铸器模型里。铁水蓄满之后就发出闪光消失了,接着又开始往模具里面灌。

由于只熔化了一把单手剑,我心想能获得十个锭也算不错了,但在Unital Ring的世界里,熔化高级装备可获得的材料数似乎也会多一些。铁水还在源源不断地流出,直到我放弃去数到底获得了多少个锭的时候才终于流尽。

"……结束了。"

莉兹贝特轻声说了一句，又打开炼铁炉的窗口说：

"我看看，获得的素材有……'高级钢锭'六十二个，'上等银锭'十八个，'上等陨铁锭'九个，'秘银锭'六个，'黑龙钢锭'两个，就这么多了。"

"哇……好像炼出了不少稀有金属呢……"

听到莉法那句略带畏惧的低喃，一个想法瞬间从我脑海里闪过——如果"布拉克维尔德"能炼出这么多，那我继承的另一把爱剑"断钢圣剑"又能炼出多少锭呢……不过当初费了很大工夫才得到那把传说级武器，还是等到迫不得已的时候再让它回炉重造吧。想到这里，我开口对莉兹说：

"用那些金属能做出爱丽丝、亚丝娜和莉法的装备吗？"

"唔……我锻造技能的熟练度也降到了100，可能没办法应付太高级的金属……"

莉兹的回应中掺杂着些许不安。她把锭都移入自己的道具栏里，然后坐到铁砧前的小椅子上，把"高级钢锭"丢进铁砧的窗口里，打开了制作菜单。

"啊，钢制武器好像勉强能做。那我先把爱丽丝的剑做出来好了。变种剑可以吗？"

"那就拜托你了，莉兹。"

"OK！"

莉兹贝特朝骑士竖起大拇指后便握住锻造锤，狠狠敲打出现在铁砧上的银黑色的锭。

"哐哐哐！"听着这响亮的金属声，我不禁在心里祈祷这些新生的剑能像我已逝的爱剑"布拉克维尔德"一样强韧。

5

　——还好潜行之前没吃东西……

　诗乃注视着眼前发出"滋滋"声响的肉块想道。

　这块烤得半熟的肉扒厚约八厘米，直径也有三十厘米左右。若是在现实世界，即便是相扑力士也吃不完这个尺寸的肉块。不过现在鸟人们都围坐在一张巨大的桌子旁，豪爽地用小刀切着同样大小的肉，津津有味地咀嚼着。

　当然了，这里是虚拟世界，不管吃什么、吃多少都不会进入肉身的肠胃，而完全潜行技术的神奇之处就在于可以令玩家产生饱腹感，甚至在下线之后也能持续一段时间。对于食量本来就不大，也不怎么爱吃肉的诗乃来说，这么大号的半熟肉扒是一次相当大的试炼，更何况那不是牛肉或猪肉。

　诗乃确认左右两边的鸟人都在忙着吃肉之后，便迅速地点击了一下肉扒。浮现的属性窗口上显示着"斯特罗克法洛斯尾部的肉扒"。这就是被诗乃用黑卡蒂Ⅱ射穿了心脏的恐龙的肉。

　昨晚诗乃在即将渴死而非饿死时才好不容易喝到了水。击倒斯特罗克法洛斯后，鸟人们个个都欣喜若狂，诗乃也在他们的盛情邀请下造访了鸟人族的村子。

　虽然她依旧听不懂他们的语言，但她就像救世主一般受到了热烈的欢迎，还被带到村子中心一栋别致干净的房子，并在那里下线。今天傍晚她到家匆匆喝过几口水后便开始潜行，刚上线就被他们半强制性地拉来参加这场宴会了……

　有件事令她有些……不，是非常惊讶——鸟人们的文明程度比她想象中高了许多。村子里的家家户户都是用整齐的砖瓦建成的,村子外围几乎呈正圆形,还用一层坚固的石墙围了一圈。用瓷砖铺就的道路直通位于村子中心的大型集会场,周围甚至还有商店街。

仔细想想,既然鸟人们会用滑膛枪,那他们的文明自然也发展到了与之相应的程度。按此推论,就算吃剩大半块恐龙肉扒也应该不会被责怪无礼吧……就在诗乃冒出这个想法时——

"ℵℵℵℵ?"

旁边一个看似是小孩子的鸟人一边往她面前的玻璃杯里倒类似酒水的红色液体一边说。听着像是提问,但她还是完全听不懂对方在说什么。

"对不起,我听不懂你在说什么。"

诗乃这么回答后,孩子略显惊讶地张开了黄色的鸟喙。她打算再次表达歉意,但在开口之前——

"那孩子在问你怎么不吃肉。"

从左边传来的声音让诗乃大吃一惊地转头望去。

说话的是一个鸟喙两边垂着灰色长羽毛的鸟人,应该是一位长者吧。

"您……您能听懂我的话吗?"

诗乃用沙哑的嗓音问道,老人微微扬起嘴角,作出了回答:

"是啊,毕竟老夫年轻的时候曾与人族一同在大陆上到处冒险。所以……是戴纳兽的肉不合胃口吗,人族的小姑娘?"

所谓的"戴纳兽"估计就是指包括斯特罗克法洛斯在内的所有恐龙型怪物了。

"啊,不是……我不客气了。"

诗乃下定决心,右手拿起小刀,左手则握着叉子,从那块树桩般的肉扒上切下边缘有些烤焦的部分,送进了嘴里。

牙齿刚碰到烤得焦脆的表面,就能感受到一种超乎预料的弹力,但稍微一使力又能轻松咬断,油脂的香味在嘴里弥漫,吃起来就像多了几分嚼劲和野性风味的牛排骨一样。虽然没有淋上酱汁,却有香辛料的香味,味道还不错。

"请问……'好吃'用你们的语言该怎么说?"

诗乃向老人问道,得到的回答是"秀弗尔。"于是她转而面向那个小孩,反复说出刚才学会的单词。然而对方一直歪着脑袋,没有反应。

"错了,是秀弗尔。"

"休弗尔。"

"差一点点,秀弗尔。"

"秀弗尔!"

她再重复了几次,小孩才终于听懂,还露出灿烂的笑容,也喊了一声"秀弗尔!"接着就很开心地连连点着头离开了。

这时诗乃眼前浮现出一个信息窗口,写着"获得奥尔尼特语技能,熟练度上升至1。"

于是她眨了眨眼睛,竖起耳朵细听整个大房间里的交谈声。虽然大部分和之前一样是奇怪的鸣啭声,但偶尔也会混进几个她也能听懂的短语,例如"这样一来南边的牧场……""再来一杯酒……"之类的。

结衣在放学后的会议上说过,Unital Ring世界里的NPC所说的神秘语言实际上都是The Seed规格的JA语言,也就是日语,只是叠加了好几层过滤器,所以玩家才会听不懂。估计是因为获得了这个奥尔尼特语技能,破译了部分过滤程序,才能听出这种语言是日语吧。只要继续提升技能熟练度,总有一天能完全破译的。

话虽如此,但该怎么做才能提升熟练度呢?

诗乃又吃了一口恐龙肉扒,一边咀嚼,一边在脑海里重播获得技能前的对话。吞下肉之后,她再次向老人问道:

"请问'小刀'用奥尔尼特语怎么说?"

"嗯?费拓。"

"飞托。"

"不对,费拓。"

"飞托。"

"都说是费拓了。"

"我不是说了费拓嘛!"

诗乃不由得提高了音量,这时眼前又浮现了信息窗口,写着"奥尔尼特语技能熟练度上升至2。"刚才那个孩子又跑了过来,还递给她一把新的小刀。这下她确定了,要想提升奥尔尼特语技能的熟练度,就必须完美地复述破译前的单词。为什么要搞得这么复杂啊?她一边这么想,一边第三次向老人问道:

"……奥尔尼特语的'谢谢'是怎么说的?"

四十分钟之后——

诗乃从宴会场回到了旅馆,身子往前一倒,摔到床上。

幸好鸟人,也就是奥尔尼特族没有野蛮的风俗,不会把没有吃完饭菜的客人拉去施以火刑。她一边向老人讨教他们的语言,一边努力地把恐龙肉扒送进虚拟的胃中,然而才刚吃了半块,她的饱腹中枢就宣告投降了。不过最后她也消灭了一公斤的肉,不管是在游戏世界还是现实世界,她在短期内都不想再吃肉了。

即便如此,参加这场宴会还是非常有意义的。不仅奥尔尼特语技能的熟练度上升到了10,还得到了更重要的信息。她翻过身子改为仰卧，打开环形菜单，点击地图图标。

展开的地图上只显示了初始位置的都市废墟、废墟东边的广阔荒野、击倒巨兽斯特罗克法洛斯的岩山，以及位于岩山北上方的奥尔尼特村。诗乃以为自己已经走过挺多地方了，但她拉近两根手指把地图缩小，点亮的部分也随之变小，最后竟变得如沙子般细不可见。如果这张全域地图是以等倍大小展示的，就可以看到她拼死拼活走过的地方只占整个世界的百分之一不到。

可是现在问题并不在于还有多远才能走到世界尽头，而是她和桐人、亚丝娜他们所在的位置相隔多远。

宴会进行到尾声时，诗乃几乎问遍了席间所有人是否有听说过"巴钦族"这个种族。那位教她奥尔尼特语，且曾经周游世界的老人回答"根本没有听过"的时候，她也很失望。不过出席宴会的其中一个鸟人说他有些印象，于是她又操着一口熟练度只有10的奥尔尼特语向对方刨根问底了一番。

对方说他并没有亲眼见过巴钦族，只是听他祖父说过，但诗乃还是获得了一个价值千金的信息——巴钦族的村子在很遥远的东南方，要穿过一个叫"基约尔平原"的地方才能到达。仅凭这个，她就觉得一切的辛苦都值得了。亚丝娜等人的小木屋似乎就坠落在巴钦族的村落附近，只要往东南方向走就能和他们会合——大概吧。当然，如果全域到处都有巴钦族的村子，她也很可能走错方向，不过现在也只能抱着一定能遇到他们的信念往前走了。

"……好！"

诗乃关闭地图，猛地从床上起身。

刚才她已经对奥尔尼特族的人说过会在今晚动身离开了。听说他们之所以孜孜不倦地向强敌斯特罗克法洛斯发起有勇无谋的进攻，是因为那头恐龙经常袭击村子南边的牧场，咬死了很多珍

贵的"布吉塔克"。
Psittaco

诗乃也不知道这种"布吉塔克"是什么品种的家畜，不过她帮鸟人们解决了以往多次挑战也未能击倒的斯特罗克法洛斯，得知她那么快就要离开，他们也非常遗憾。她原本也想把这里当作据点，尽可能地提升等级——毕竟吃住都是免费的——但想尽早与同伴们会合的心情还是更胜了一筹。于她而言，那个坠落的小木屋也是一个充满回忆的场所，她也认为必须跟亚丝娜、桐人他们一起去揭开Unital Ring世界的谜团才有意义。

将参宿五SL2和战斗服重新装备上身之后，诗乃走出旅馆，环顾四周。对面的宴会场已经关灯了，圆形广场上也几乎不见一个人影。现在的时间是晚上7点左右，看来奥尔尼特族没有夜游的习惯啊……想到这里，诗乃就暗自叫了一声"糟糕"。她原本打算用仅有的一百艾尔银币买些可携带的干粮和饮用水，但广场南边的一排店铺都已经关门了。不论是在ALO还是GGO里，NPC商店一般都是二十四小时营业的，这就导致了她的疏忽。不过，VRMMO的常识也不适用于这个世界。

"……这样就没法弄清楚这个村子能不能用艾尔银币了……"

她又小声说了一句，沮丧地垂下了肩膀。虽然TP条和SP条都因为她刚才大吃大喝了一顿而回满了，但先不论食物，她可不想再次做出不带水就闯进荒野的愚蠢行为。是等到明早店铺开门的时候去买水，还是在村子某处装一些免费的水好呢……就在她呆站着思考这个问题的时候——

"诗乃小姐！"

突然被喊到名字，诗乃立刻往右看去，只见一个奥尔尼特族的年轻人和小孩正小跑着朝她靠近。起初她还觉得所有人都长着同一张脸，但现在已经能靠羽毛的颜色、花纹还有眼睛、鸟喙的形状来辨别一些人了。

这个年轻人是在斯特罗克法洛斯一战中帮助诗乃的枪手之一，小孩则是在宴会上为她服务的小女孩。年轻人站到她跟前，压下长在眼睛上方的装饰性羽毛问道：

"诗乃小姐，你这就要ΧΧΧ了吗？"

奥尔尼特语技能的熟练度好不容易才提升到10，所以诗乃只听懂了一部分，不过她推测对方是在问她是不是准备出发了，便点头道：

"是啊，我必须去巴钦族的村子。"

年轻人似乎听懂了诗乃的回答，便神情复杂地点了点头说：

"这样啊……我虽然没有ΧΧ巴钦族，不过要想横穿东南那片基约尔平原，就必须准备ΧΧ。诗乃小姐，请带上这个吧。"

他说完就把某样东西递了过来。那是一把散发着黑色光泽的滑膛枪。诗乃眨巴了几下眼睛，又用力摇了摇头，说：

"我不能收下，这是你很重要的枪吧？"

"不是的！"

那个身披浅褐色羽毛的小女孩答道。她抬头看向年轻人双手捧着的滑膛枪，继续说：

"这不是哥哥的枪，是过世的爷爷的。爸爸也说，ΧΧ已经不在了，那就把它ΧΧ村子的大恩人诗乃小姐吧。"

"没错，这虽然是一把旧枪，但性能还是ΧΧ的。与诗乃小姐的枪相比肯定是差了一截，不过用那种威力惊人的枪去对付小型野兽或昆虫也太浪费了吧？"

他说得没错。黑卡蒂的.50BMG子弹只剩下六颗，得留到情况最紧急的时候用，而参宿五的能量槽也只剩六成左右，两者今后可能都很难找到补给了。

"……那我就恭敬不如从命了。"

听到诗乃这么说,年轻人便高兴地递出了滑膛枪。她刚接过枪,双手就感到了一阵可靠的重量。接着年轻人又把挂在肩上的皮革包交给她,说:

"这里面是子弹和炸药。如果用完,子弹可以用铁ㄨㄨ,至于炸药,把爆豆根的分泌液和碳粉混合起来晒干之后就做好了。"

"爆……爆豆根?"

见诗乃皱起眉头,那个小女孩——应该是年轻人的妹妹吧——用两只手比划了一个大圆,说:

"它就长在ㄨㄨㄨㄨ仙人掌下面!要是不小心踩到了就会引发爆炸,害自己受重伤,你可得小心一点哦!"

"嗯……嗯,我会留意的。"

可惜没能听清那种仙人掌的名字,不过她本来也不打算接近任何仙人掌。

诗乃背起枪,把弹药包挂到肩上时,小女孩又拿起脚边的一个大布袋说:

"这是水、黄油和硬面包!是我和妈妈还有奶奶一起做的!里面还有皮毛斗篷,要是ㄨㄨ来了就用上它吧!"

事到如今,她再婉拒就反而显得失礼了。虽然有些好奇"要是ㄨㄨ来了"到底是什么意思,但她也不好意思反问,便郑重地道了谢,接过布袋。之后小女孩莞尔一笑,又加了一句:

"硬面包虽然不太好吃,但可以放很久!ㄨㄨㄨ的时候用炭火烤一下,再涂上黄油,就能ㄨㄨ一点了!"

"……嗯,我会尝试一下的。真的非常谢谢你们。"

诗乃再次鞠躬道谢,然后用自己的手裹着小女孩的双手说:

"小妹妹,能不能告诉我你叫什么名字?"

"可以啊！我叫斐琪，哥哥叫乌费姆哦！"

"斐琪……还有乌费姆。总有一天，我会回到这个村子的。到时还会给你们带很多手信。"

"嗯！"

看到斐琪用力地点了点头，诗乃不禁暗自下定决心，一定要遵守这个约定。

晚上7点30分，诗乃离开奥尔尼特族的村子后做的第一件事就是打开地图窗口，寻找指向东南方的路标。幸好夜空中有一大轮散发着蓝白色光辉的明月，她本身也有夜视技能，多少能够分辨地形。她凝视着东南方，发现远处有一座呈闸门状的岩山。

"……好！"

诗乃给自己打气，让右脚踏上干燥的大地。虽然不知道那片基约尔平原有多大，但她一定会在今晚之内跨越那片平原，抵达巴钦族的村庄。由于之前击倒了野外头目斯特罗克法洛斯，她一下子就升到了16级。武器方面，她背上有一把滑膛枪，左腰还有一把参宿五SL2。虽然不想再和大型恐龙对战，但她也不觉得自己会败给蜈蚣和蝎子。HP上限值也上升了，至于能力值……想到这里，她才想起Unital Ring里并没有STR和AGI这些数值。

相对地，游戏里设置了各种有别于技能的能力。等级飙升使她一口气获得了15个能力点，既然现在她打算独自闯过这片危险区域，就不能再封藏这些点数了。

"……我最不擅长的就是这些了……"

诗乃一边嘀咕，一边把地图切换到了能力获取画面。桐人在放学后的会议上也说过，一旦获得了某种能力就不能再反悔重选了。这一点在GGO里也是一样的，但Unital Ring的能力选项实在是多如牛毛。

是不是应该先回一趟奥尔尼特族的村庄，找一个安全地方退出游戏，然后在网上搜索一下与能力有关的信息呢？不……现在Unital Ring事件才刚过去二十四小时，不能尽信网上的消息。还是应该自己思考、自己决定该怎么成长——这是被"死枪"杀害的GGO玩家"ZXED"留给她的教训。

"……总之先拿10点出来用吧。"

她这么低语了一句，右手食指则在四个初级能力的名称上方徘徊。

6

"……我真的不擅长应付这种事……"

我一边看着能力获取画面一边小声说，正在一旁喝水的莉兹贝特无奈地回了一句：

"凭感觉来决定不就行了吗？我和莉法早就选好了。"

"我就是不擅长凭感觉啊……"

我含糊地反驳道，继续和窗口大眼瞪小眼。

窗口中心有四个图标呈十字形排列，按顺时针方向分别是"刚力""顽强""才智""机敏"，每个图标又各自有两条连接着新图标的延长线。"刚力"连接的是"碎骨""坚守"；"顽强"连接的是"忍耐""抗毒"；"才智"连接的是"集中""博学"；"机敏"连接的则是"长驱""巧手"。

点击图标之后就会显示一段说明文字，根据那些说明，可以得知"刚力"似乎是对中、大型的近距离武器的攻击力及玩家的装备重量、携带重量有加成作用，同样地，"顽强"是对HP值、TP值、SP值和异常状态抗性的加成，而"才智"是对MP值和魔法威力的加成，"机敏"则是对远距离武器的攻击力和攻击距离的加成。

也就是说攻击者应该选以"刚力"为起点的能力树，坦克选"顽强"，法师选"才智"，侦察兵则选"机敏"。我的主要武器是单手剑，是中型近距离武器，应该毫不犹豫地选择"刚力"能力树，但事情没有这么简单。在生存RPG Unital Ring的世界里，HP、SP、TP这些数值都很重要，之后也很可能不止一两次，甚至是十次地陷入濒临饿死或渴死的窘境，冒出"早知道就把'顽强'点完了"

的想法来。

我叹了一口气,向同伴们问道:

"那……你们都凭感觉选了什么?"

于是莉兹贝特说"我选了'顽强'",莉法回了一句"我是'刚力'",坐在我旁边的结衣则满面笑容地回答"我选的是'才智'哦!"闻言我便眨了眨眼,向女儿确认道:

"选'才智'……结衣是要转职成魔法师吗?"

"是的!我想成为妈妈那样的战斗法师!"

"这……这样啊,听上去很可靠呢。"

亚丝娜在ALO里被人称作"狂暴治疗",她的战斗风格是在惊人的防御和回避技巧上建立的,但我不能破坏孩子的梦想,只好按住自己,伸手抚摸结衣的小脑袋。也不能断言她做不来,不管她选择了什么样的能力,只要我好好保护她就没问题了。

为了这个,我或许应该选坦克路线吧……我再次陷入迷茫,抬头望天。从小木屋启程时西边的天空还残留着晚霞的色彩,现在早已消失得无影无踪,只有黑乎乎的云团在模糊的星空中慢慢流动。

"唔唔……要是能看到派生能力的内容就好了……"

只有现在可获取的能力附有说明文字,听到我絮叨的话,正坐在对面嚼着一颗小树果的莉法很是无奈地说:

"那你问问我们不就好了吗?"

"呃……啊,也,也是……"

她们三个已经选好第一个获得的能力,所以也能看到派生能力的说明文字。我轻咳一声掩饰自己的难堪,依次向三人说:

"那能不能麻烦你们开开尊口,给我一些指点?"

"真拿你没办法……"

碎骨　坚守

刚力

巧手

机敏　　　　　忍耐

长驱　　　　顽强

抗毒

才智

集中　博学

莉兹耸了耸肩膀，麻利地打开了环形菜单。

"我看看，'顽强'的派生能力有……'忍耐'是防御时降低伤害效果的加成，'抗毒'就是字面上的意思，是降低中毒状态伤害的加成。"

"嗯嗯嗯。"

接着是莉法盯着窗口说：

"'刚力'的派生能力里，'碎骨'是贯穿敌方防御伤害的加成，'坚守'是减少防御时被敌方击退距离的加成。"

"……嗯？"

结衣甚至看都没有看一眼窗口就开始解说道：

"至于'才智'的派生能力，'集中'是对MP条恢复速度的加成，'博学'则是对提升语言技能熟练度的加成。"

"嗯嗯……"

语言技能应该是指与NPC沟通的技能吧，我们只要有结衣在就暂时不需要这个技能，我也不打算当法师，所以可以从候选中排除"才智"这个能力树。可是在得知"刚力"和"顽强"的派生能力之后，我反而更加烦恼了。

"嗯……我感觉'坚守'和'忍耐'的功能还挺相近的，为什么要特地把减少被击退距离和降低伤害的能力设置在两个不同的能力树上呢……"

"大概是因为'坚守'的着重点不在盾牌而在武器防御上吧？格挡时只要能保持住身体平衡，也能更快地做出反击。"

莉法的评述让我恍然大悟地点了点头。

"看来'刚力'那一支也不是只偏向于进攻啊……那我也选那个好了……"

"不能同时拿两个系统的能力吗？"

被莉兹贝特这么一问，我再次低喃道：

"唔……也不是不行，不过这种情况一般都是只选一个练到满级更有效果一些。"

"既然这样，那桐人你专选攻击系的不就好了吗？那才是最适合你的。"

莉兹说完，莉法和结衣都微笑着点了点头。不管是在SAO还是ALO里，我也不算是单一的攻击者吧……虽然我心里是这么想的，但看她们三个意见这么统一，如果亚丝娜、西莉卡和爱丽丝也在场，估计也不会提出异议吧。

"……好吧，那支援方面就靠你们了。"

"是是是，我们会好好守在你身后的。"

听到莉兹的回答，我再次点击"刚力"的图标，按下解说窗口最下方的"获取"键。接着就出现了一个提示将消耗1点能力值的确认窗口，我随即按下"YES"键。随着一道轻快的响声，窗口开始发光，原本呈灰色的"刚力"图标也变成了红色。

这样一来，我就能获取"碎骨"和"坚守"了。不过获取这两个能力似乎都需要消耗2点能力值，且每个能力都分有十个等级，于是我又陷入苦恼，究竟是先把"刚力"提升到10级，还是先获取"碎骨"能力好呢？虽然还剩11点能力值，但我也不敢就这么全部用完。

犹豫了一阵之后，我决定先获取"碎骨"，这之后竟然又出现了两个派生能力。

其中一个是"乱击"，效果是发动连续攻击时增加后续攻击的伤害；另一个是"远击"，是对攻击范围的加成。正如我所料，两者都需要消耗3点能力值才能获取——如果想让"刚力""碎骨""乱击"都达到10级就必须消耗60点能力值，而且能力树很可能还会继续延伸。

"前路漫漫啊……"

我忍不住嘀咕了一句，然后把"刚力"提升到了5级。这样就消耗了7点能力值，还剩下5点。返回状态画面后，"刚力"的效果就立刻显现了——装备重量和携带重量的计量表都空旷了许多。在这个游戏里，玩家需要搬运大量饮水、食物和素材，所以这项加成虽说朴素了一些，但也算是难能可贵。

"……好，我拿完能力了。"

我这么宣布完便关闭了窗口，莉兹则以若无其事的口吻问道："你还剩多少点？"

"5点。"

"你们看，我就说他至少会剩下5点！是我赌赢了！"

"……啊？"

我哑口无言，只见莉兹朝莉法伸出了右手，而莉法往她手心里丢了一把树果。看来她们刚才是在打赌我会留下多少点数。

"哥哥你也真是的！留下那么多点数有什么用啊？是男人就一口气用光嘛！"

妹妹无理取闹地骂了我一顿，结衣则摸了摸我的脑袋，仿佛是在安慰我。

用餐休息时间结束后，我们便从充当临时安全地带的大岩石上落到地面，继续向西南方前进。虽然没有照明，但凭星光也能勉强看清脚下的情况。

走出森林后，周围便是一片广阔的干燥草原。或许是因为天黑了，这里出现的怪物大多都是鬣狗、蝙蝠这样的夜行性野兽，虽说我们不能轻松打败它们，不过也不至于陷入苦战。当然了，这都多亏了莉兹帮我们打造的铁制武器,如果还是当初那一身草衣和一把石刀,还真不一定能走出这片森林。

饮水就用亚丝娜做的烧陶水壶从河里装满一壶带着,可是食物只有用来应急的少量熊肉干,还是得在路上筹备一些才行。鬣狗的肉就算烤熟了也不能吃,但路上偶尔能看到一些胖墩墩的树木,上面长着像是胡桃的果实,虽然要费不少工夫才能打开,不过味道还算不错。出发至今已经过了两个小时,我们的TP条和SP条还维持在八成左右。

"莉兹,还要多久才能到巴钦族的村子?"

莉兹贝特正开着地图窗口走在前头,听到我的呼唤后,这位锻造师头也没回地说:

"才刚走了三分之一。前面有两棵很高大的树,那里就是中间点了。"

"很高大……有阿尔普海姆的世界树那么大吗?"

莉法的问题让莉兹贝特苦笑着摇了摇头。

"也没有那么高大啦。我们是在昨天半夜里看到的,也不知道具体有多高,估计有个一百来米吧?"

"说起来……经过能看到那棵大树的山丘时,巴钦族的人们还停下来祈祷了。"

和我手牵手走着的结衣补充道。莉兹贝特也连连点头说:"对对对,是有这么回事。"

"……对着大树祈祷吗……"

我刚小声说完,就有一股针刺般的感觉刺激着我的记忆深处。似乎能联想到什么,但又摸不着头绪。正想开口拜托结衣搜索一下VRMMO相关的数据库时,我又改变了主意——结衣现在已经不是导航精灵了,她和我们一样被赋予了玩家账号,她似乎还为此感到很高兴。既然如此，我就应该尽量避免把她当成便利的AI导航来对待。

本来我还想改口问问结衣她们有没有跟着一起祈祷，但北面突然吹来一股湿冷的夜风，让我反射性地缩起了脖子。

"明明看着像是热带草原，晚上竟然这么冷啊……结衣，你冷不冷？"

"嗯，我不冷。莉兹小姐给我做了一副铠甲。"

正如结衣所说，昨天重逢之后她就只穿着白色的连衣裙，不过现在胸前多了一件薄胸甲，双手双脚则装备着统一设计的手套和靴子。铠甲下依然是那件连衣裙，看起来也没有多暖和，不过莉兹贝特的锻造技能的熟练度达到了100——比原来下降了不少，但就现状来说也够用了——或许能附加防寒效果吧。

而莉兹贝特本人现在还用着巴钦族赠送的皮革铠甲和单手战锤，只用熔化"布拉克维尔德"之后所得的锭为自己做了一个小型圆盾，为莉法做了金属铠甲和单双手兼用的长刀——和我一样是四件套——让她与只有一把石刀那会儿相比就像换了一个人似的，俨然一名重装战士。然而走在我前方的她被北风一吹就立刻缩起身子喊了一声"好冷"，然后又晃着金色的马尾辫转过身来，一边灵活地倒着走路一边说：

"我说桐人啊，你能不能用鬣狗的皮毛做个斗篷之类的东西？"

"别为难我了，我又没有裁缝技能。"

"那就给我跑起来！这样也能缩短时间！"

"咦……你在社团里倒是经常跑，可我是回家社的……"

"这有什么关系，这里可是虚拟世界啊！"

莉法的指责让我恍然大悟，我用轻咳掩饰了一番才说：

"可，可是跑起来会白白浪费TP和SP……而且现在也看不清路况,很危险的……"

"爸爸,我有火把哦!"

结衣突然喊道,接着打开工具栏,取出一根棒状的物体。我仔细一看,树枝前端好像还紧紧地缠着一团枯草。之前在小木屋里用的火把只是一根枯萎的树枝,这算是提升了一个档次。

"那是结衣做的吗?"

"是啊,不过做法是莉兹小姐想出来的。"

"哦,不愧是专业人士。"

"就算你夸我也没什么好处可拿哦。"

莉兹贝特边走边看向我们,停顿了一会儿之后才继续说:

"不过最好还是做好跑起来的准备。昨晚巴钦族的人说,这个地方……是叫基约尔平原吗?偶尔会出现冰风暴,要是遇上了就要么裹紧毛皮毯子,要么找个附近的洞窟避难,不然会死的。"

"啊?这种事你怎么不早说啊?!"

"因为他们说好几年才会遇上一次嘛。"

"我说你啊……在游戏世界里,这种事通常都是几天一次……"

我刚说到这里,旁边的结衣就以略带沮丧的声音说道:

"对不起,爸爸。我当时也听到这些话了,但是没有把它归为重要信息。"

"不……不,结衣没有做错哦。再说了,热带草原上怎么可能会有冰风暴嘛。"

"喂!这跟你对我的态度也差太多了吧?!"

莉兹贝特鼓起脸颊说,就在这时——

北边又吹来一阵狂风,让我们四个同时缩起了上半身。感觉寒意比之前多了几分,还带着些许水汽。我抬头看向天空,黑乎乎的碎云正从北向南急速流动。

"……总有一种不祥的预感……"

我对莉法这句话表示了同意,然后垂下视线对结衣说:

"结衣,我来点亮火把吧。"

"明白。"

结衣严肃地点了点头,把缠着枯草的树枝前端转到我这边。我从腰间的道具袋里掏出打火石,用力地让它们相互碰撞。现实世界里的打火石必须与一种叫"火镰"的铁皮配合着敲打才能迸发出火花,但到了这个世界,只用石头也一样可以生火。就算没有选择"才智"能力树,我也总有一天要学会火系魔法技能……我一边这么想,一边奋力敲打石头,终于在第七次成功生火,把枯草烧得一团红旺。

接着我把打火石放回道具袋,接过结衣递来的火把,高高举起。大风吹得那团火摇摇晃晃的,但应该没有那么容易将它吹灭。

我迅速地环顾四周,寻找看似会有洞窟的地方,可惜火把的亮度不是很够,无法一眼望到很远。不过我还是能看清东边有一个看似是岩山的细长剪影,西边则是地势平缓的山丘棱线,现在要决定的就是往哪边走。

虽然现在还不能断定我们会不会遇上那个什么冰风暴,但等它来了才找避难所也太晚了。岩山里有洞窟的可能性应该比山丘更大一些,不过那座岩山就像高塔一样,就算上面有洞窟,纵深可能也不太够吧……就在我犹豫时,右边的结衣突然高喊了一声:

"爸爸,有什么东西正从北边过来!"

"什……"

我赶紧将火把对准上风处,几乎与此同时,一个巨大的影子悄无声息地闯进了那片光亮之中,在我们前方约五米处停下,伏低身子,发出"咕噜噜"的低吟声——那不是与我们交过几次手的鬣狗。覆盖着黑色皮毛的身躯看似十分纤细，但又比鬣狗大了许多，前肢也更为结实。既然不是犬科，那就是猫科……看那圆圆的耳朵，应该是豹子之类的吧。

"嗷呜！"

黑豹发出极其凶狠的咆哮，用两只散发着淡蓝色光芒的眼睛紧盯着我们。偏偏在这个时候……我在心里这么想，但看似也没法逃跑，对方还明显对我们抱有敌意。无奈之下，我将火把移到左手上，用右手握住剑柄，大喊道：

"开打了！"

我和莉法同时拔剑，往前跨出一步。莉兹从腰带的扣上解下战锤，我小声对她说"结衣就交给你了"，她也很靠谱地回了一句"包在我身上"。

看到我的长剑和莉法的长刀，黑豹露出了尖利的牙齿。虽然不及剑齿虎的虎牙长，但还是比现实世界里的豹牙长了三倍左右。一身皮毛比黑夜更黑，从脖颈到后背的位置还散发着泛蓝的光泽。

黑豹把身子趴得更低，摆出跳跃的架势——它的目标是我，于是我也把长剑架在右肩上，准备以剑技迎击。

这时周围突然响起一阵震耳欲聋的咆哮声。那不是黑豹的吼声，而是风声——

狂风涌来，甚至让人觉得刚才的风不过是小儿科。我牢牢稳住脚跟，但一直亮着的火把最终还是熄灭了，视野随之变得一片漆黑，还能感觉到裸露在外的脸和手被一种坚硬的颗粒击中了。这是冰……是冰雹！

黑豹加冰雹，真是要命！但是我没有机会把这句话说出口了。刚才趴在地面上的黑豹已经高高跃起，出于条件反射，我准备发动剑技"垂直斩"，但在踏出脚的前一瞬间，我停下了动作，转过身去。

只见黑豹以惊人的跳跃力飞越我们四人,在后方落地。它似乎已经没有把我们视作目标了,直接朝南边一路狂奔。

"我说……它该不会是为了躲避风暴才……"

我想的和莉兹说的一模一样。如果我推测得没错,这阵就连怪物都不得不躲避的夹冰狂风就是暴风雪的前兆,而那头黑豹知道该去哪里避难。

"……追上去!"

我喊了一声,然后把长剑收进剑鞘,直接拉起结衣的手跑了起来,莉兹贝特和莉法也紧紧跟在我们身后。黑豹的剪影已经融入黑暗之中,要是距离再拉开几米,估计就要跟丢了。

由于火把灭了,我们无法确认脚下的情况。如果四人中有人因地面不平或被石头绊倒,追逐也会就此终止,于是我只好一边祈求现实运气保佑,一边拼命地奔跑。本来还想抱着结衣跑,不过现在我们都是玩家,敏捷值似乎也没有相差多少,她也没有一点落后地紧跟着我。

我们追着健步如飞的黑豹跑了两分钟之后,前方出现了一个小山丘。黑豹朝着山丘的山麓用力一跃,就像被吸走般隐去了踪迹。我们稍稍慢了一点才到达那儿,发现山脚下有一个高约一米的洞窟,黑乎乎的洞口就这么敞开着。

刚停下脚步的瞬间,身后纷纷落下的冰雹就砸中了我的铁制铠甲,发出"哐哐"的声音。虽然现在冰雹的直径还不足一厘米,但事情肯定没有这么简单。估计是因为气温突然下降了不少,呼出的气息都染上了一层白色。

我看了一眼血条,数值已经开始逐渐减少了,右侧还有一个冰晶模样的Debuff图标在闪烁,不用想也知道那是什么意思。

"爸爸，我们进去吧！"

听到结衣紧张的声音，我点了点头。洞穴一直往里延伸，现在只能祈祷那头黑豹进到洞穴深处了。

以防万一，我松开了结衣的手，然后拔剑来到洞口附近，往里窥探。然而洞内一片漆黑，什么也看不到。就算点亮火把，在这种强风下估计不到一秒就得熄灭了。我只好打定主意，弯下身子走了进去。

洞里有一段平缓的下坡路，越往前走，洞顶也越来越高。在地面上看山丘并不高，但洞穴似乎一直扩展到了地底下。我稍微放下心来，继续小心翼翼地往前走。

刚走了十米左右，地面就变平坦了。见状我便停下脚步，挺直原本屈起的身体，又将右手的长剑向上伸直，但也碰不到洞顶，看来这里很宽敞。也感觉不到黑豹的气息。

随后我确认了血条，数值已经停止减少，寒气图标也消失了。我呼出一口气，看向身后，但洞穴里伸手不见五指，能见度等同于零。

"大家都在吗？"

我轻声问道，很快就听到了"在的，爸爸""我在""在的——"这些回应。就在我想先把左手里的火把点亮，正准备收起长剑的时候——

"那，那个……"

听到莉法嘶哑的声音，我迅速地转过身去。

眼前依旧什么都看不清，于是我努力地瞪大眼睛注视，眼前便出现了一段文字："获得夜视技能，熟练度上升至1。"黑暗也稍微变淡了一些。紧接着，我也发现——

有两道蓝光在洞穴深处飘浮着。那是什么东西？我正细细凝视，光点就瞬间消失了，但之后又马上亮了起来，就像在眨眼似的……不是像，就是在眨眼。那是抢先进入洞穴的黑豹的眼睛。

对方似乎察觉我们已经发现它了。

"咕噜噜……"

一阵低沉的呼噜声随之而来，那双蓝色的眼睛也轻飘飘地向上浮动。看来是原本躺着的黑豹站起来了。对方的夜视能力比我们强了好几倍，要是在这种状况下开战，我们一点胜算都没有。

"结衣，帮忙点亮火把。"

我轻声说道，并向身后递出左手上的火把。

"好的。"

结衣在回应的同时接过了火把，我正想把打火石也递过去，但在那之前，我的耳朵听到了一个奇怪的声响。

"钦——钦——"我不认为这刺耳的摩擦声是黑豹发出的，便一边留意前方的状况，一边快速回头，便看到洞穴入口那边在掉落一些闪着白光的极小粒子。

跟在队尾的莉兹贝特一碰到那些粒子就打了个喷嚏，紧接着莉法喊了一声"好冷！"结衣也发出呼气的声音，最后是我猛地打了一个寒颤。不仅仅是冷，寒气Debuff图标再次亮起，HP也开始缩减了。这个地方没办法阻断从洞口灌进来的冷气，竖起耳朵便能听到悲鸣般的寒风呼啸声，我根本不敢想象洞穴外头是一副怎样的景象。

"哥哥，得再往里面走！"

听到莉法打颤的声音，我大声回了一句："我知道，可是有豹子在那儿！"黑豹霸占着洞穴深处，虽然没有发起攻击，却一直发出低沉的呼噜声。不难想象，要是我再靠近一点点，它就很可能会飞扑过来。

血条已经缩减了一成多,照这个速度,不用三分钟就得归零了。就算知道没有优势,也只能跟黑豹一战……我咬紧了嘴唇,但又想到还有一个办法可以先试试。

我轻轻地放下长剑,把手伸进道具袋,掏出一个薄板状的道具——亚丝娜为我们做的熊肉干。这是很珍贵的应急食物,但如果我们在这里冻死或者战死,也就没有机会吃了。

"喂,这个很好吃哦,大餐来的。"

我看着那对蓝色的眼睛,在说话的同时扔出了肉干。肉干落到地上便发出轻响,吸引了黑豹的目光。只见它眨了眨眼睛……又眨了一下。

那双蓝眼无声无息地往肉干靠近,还可以听到在嗅气味的声音。紧张的几秒过后,前面就传来了扯裂声——是黑豹在用牙齿撕扯肉干。这时黑暗中多了一个发光的环,就像汽车的车速表盘一样,左下方已经有三成左右染上了红色,前端正微微上下浮动。这是我在亚丝娜驯服阿飘时见过的驯服计量表。

接着我从道具袋里拿出另一块——也是最后一块——肉干,把它扔了过去。黑豹迅速咬住不放,计量表又上涨了一成左右。

"大家都把肉干给我吧。"

见状我便向身后伸出右手,结衣立刻把肉干放到了我手上。看准黑豹吃完的时机,我扔出了第三块肉干——计量表又上涨了,终于达到了五成。一开始的那块肉干是三成,之后每扔一块就会上涨一成,而结衣手上还有一块,莉兹和莉法应该也各有两块,这样就勉强足够了。

我坚信自己算得没错,继续给黑豹投喂肉干。然而我的HP仿佛与上涨的驯服计量表成了反比,正在逐渐减少。现在我13级,HP总量比4到5级的结衣她们要多一些,三人的血条并排显示在我的视野左上方，已经减少到五成以下了。

快点，快点……虽然心里焦急万分，但在这个游戏里，投喂饵食的时机将决定驯服的成败，得赶在怪兽吃完一份饵食，计量表上涨期间投喂第二份……过早或者过晚都会导致驯服失败。

把结衣给的第二块、莉兹给的两块肉干都扔出去后，计量表也上涨到了八成。亚丝娜驯服阿飁的时候用三块熊肉就填满了计量表，但到了这头豹子身上就涨得非常缓慢。难道是因为喂的是肉干而不是生肉，或者它的等级比较高？

"莉法。"

"OK。"

我把她放到我右手上的第九块肉干扔了出去，黑豹一下子就吃完了，计量表也上涨到了九成。

"莉法。"

"没有了。"

"……啊？"

我转头向黑暗中勉强能看出一个剪影的妹妹问道：

"怎么会没有，亚丝娜不是给每个人都分了三块吗?!刚才休息时每人各吃了一块，所以各剩两块……"

"我刚才吃了两块。"

"啥?!"

"这有什么办法，我肚子饿嘛！"

"什……"

这令我很是愕然，但没有的东西也不能逼她拿出来。早知道就不丢掉那些鬣狗肉了……我顿时冒出这个想法，但也为时已晚，再者我也不觉得黑豹愿意吃那种臭到让人绝望的肉。

我只好转回前方，看到在黑豹前方浮动的驯服计量表就在九成左右的位置浮动。如果就这么放着不管，估计一会儿就会开始下降，之前的努力也就白费了。

就在我整个人呆住时，耳边传来了结衣微弱的声音：

"爸爸……我的HP已经……"

"结衣！"

我立刻丢下左手的火把，把女儿拉过来，用双手紧紧地抱住了她。即便隔着铠甲，也能感受到那副娇小的身躯变冷了许多，还在微微颤抖。我确认了她的血条，余量只有一成多一点了。我不能让她在这里冻死。

于是我打定主意，抱起结衣一步一步往前迈进。越往洞穴深处走，寒意就越少，而黑豹再次发出低沉的呼噜声，驯服计量表也开始摇摇晃晃地缩减。

现在我已经没有饵食可投喂了，但投食不一定是让计量表上涨的唯一方法。

"不用害怕……我不是敌人……"

我轻声说道，又靠近了一些。黑豹的低吟声更大了，但它没有逃走，也不准备发起攻击。

距离还剩两米……一米……五十厘米。来到这个距离，我终于能看清黑豹的模样了——它伏低了脑袋，看似随时都会飞扑过来。这时驯服计量表已经下降到了八成。

做好被撕咬的心理准备后，我伸出了右手。一摸到那肌肉结实的脖颈，黑豹的身体就猛地颤抖了一下。

"乖孩子，不用怕……"

说完我又用指尖轻轻抚摸那富有光泽的皮毛，但"呼噜噜"的声音没有消失，计量表还在一点一点地往下掉。如果此时我表现出惊慌的态度，就肯定会立刻遭到攻击。于是我继续用左手抱着结衣，右手则专注于抚摸黑豹的皮毛。它原本紧绷的肌肉也逐渐放松，然后再次绷紧。

"咕噜噜……噜噜噜噜……"

呼噜声越来越小，它也慢慢伏低了脑袋。这是进攻的前兆吗？还是……

"噜噜噜……呼噜噜噜噜……"

低沉的呼噜声一直没有中断，但我发现这个声音已经在不知不觉中变了样——本来粗犷而低沉的"呼噜噜"变得更像是猫从喉咙里发出的声音了。

最后黑豹结实的肌肉完全放松了下来。与此同时，驯服计量表也停止了缩减，甚至有所回升。它又往地上一躺，继续任由我抚摸。计量表上涨到八成，很快就超出了九成。

"很好很好……乖孩子……"

我一边低语一边将左手伸向后方，曾经见证亚丝娜成功收服阿鬣的莉法立刻递来了一捆用天音草制成的绳子。

驯服计量表的增长慢得让人心急，在好不容易涨满的那一瞬间，我就将绳子的一端绕过黑豹的脖子做成项圈，然后用发僵的手指绑好绳结，它巨大的身躯就迅速闪烁了一下，脑袋上还多了一个绿色的光标。环状的血条下方以片假名显示着它的种族名——色路里暗豹。紧接着，我的视野中央浮现了一条信息："获得驯服技能，熟练度上升至1。"

——先不说名字不是黑豹而是暗豹，色路里又是什么意思？

现在也没时间追究这个问题了，我向莉法和莉兹贝特喊道：

"抱紧豹子！"

接着我把结衣放到黑豹的脖颈上，让她紧紧抱住它。莉法她们则紧紧地抱住了它长着柔软毛发的腹部。

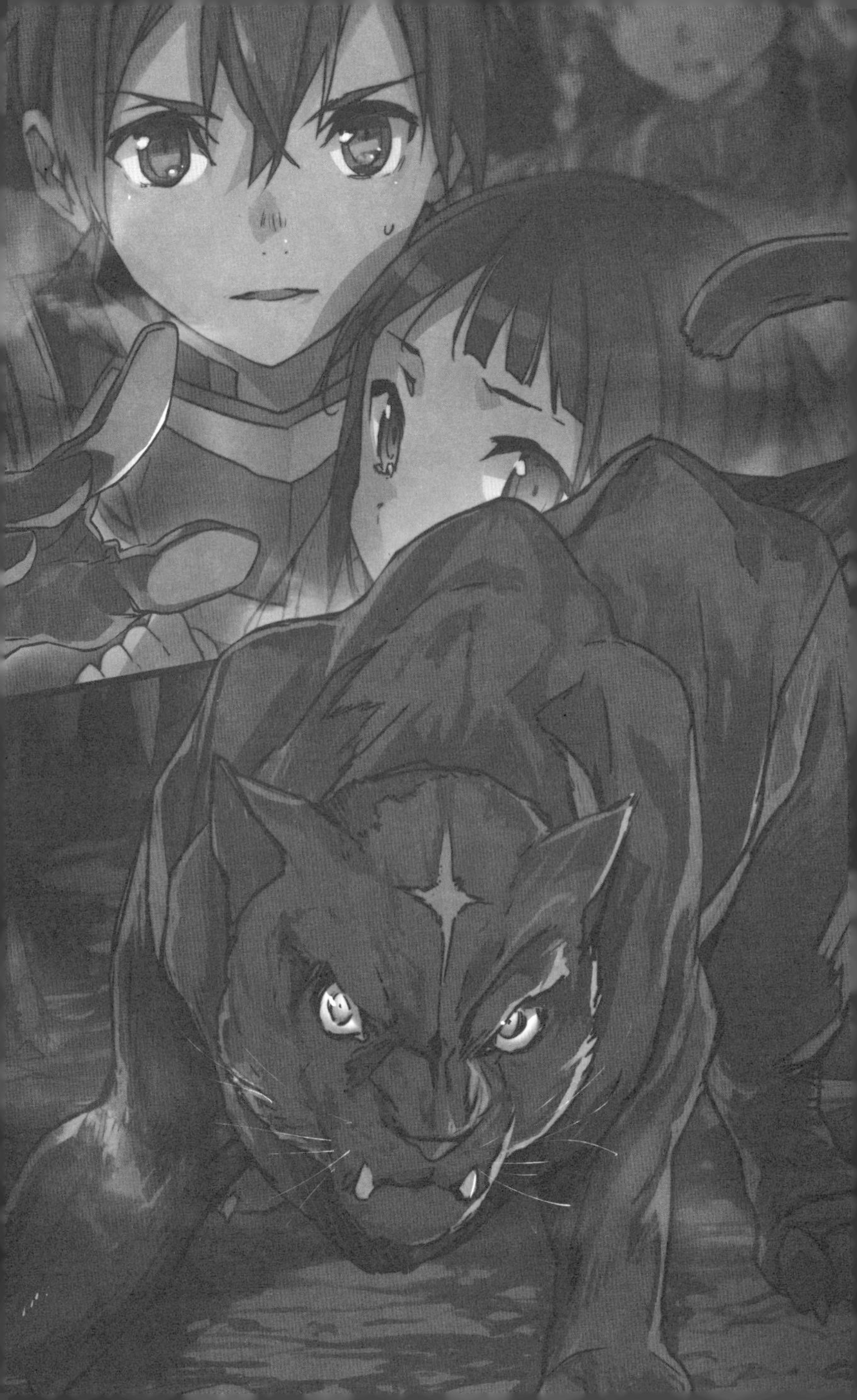

黑豹的体温很高，我感受到热气正一点点地渗进原本差点冻僵的身体，不由得轻叹了一口气。血条终于停止缩减，寒气图标也消失了。洞口又灌进了一些冰碴颗粒，但都没能抵达洞穴的深处。

等心情终于平复下来之后，我提出了一个问题：

"……色路里是什么？难道是芹菜？"（注："芹菜"的日语发音与"色路里"相近。）

莉法闻言便一边抚摸黑豹那黑中带蓝的后背皮毛，一边答道："是不是指它背上的毛是深蓝色的？"

"哦……是'背琉璃'的意思啊……"（注："背琉璃"的日语发音与"色路里"相近，"琉璃"即深蓝色。）

听到我的嘀咕，莉兹贝特问道：

"那你要给这孩子取个什么名字？"

"嗯？唔……就叫'阿黑'吧。"

我思考了两秒之后回答道。结果莉法和莉兹异口同声地说了一句"太随意了！"但结衣说"我觉得简单一点挺好的"，于是我也问了问本人（豹）的意见：

"阿黑，这名字不错吧？"

这头黑豹随即短短地回了我一声"嗷呜！"

"……果然还是应该问清楚的……"

诗乃低语道,又提起紧紧裹在身上的毛皮斗篷的边缘,观察外头的情况。

这个区域几分钟前还是一片干燥的草原,现在已经染成一片雪白了。她伸出手掬起一团白色的东西,便有一些细腻的颗粒哗啦啦地从她的指间掉落——那不是雪,是冰粒。

奥尔尼特族的少女——斐琪把这件毛皮斗篷送给诗乃时说过,"ㅆㅆ来的时候就用上吧"。由于当时语言技能熟练度不够,诗乃没能听懂那个单词。现在想想,估计是"冰风暴"之类的词吧,也可能是"地狱极寒雪暴"——这场暴风雪夸张得让她不禁联想到这样的词。就算她躲进岩石底下的洼坑,用厚厚的毛皮斗篷裹住全身,也还是冷得血条缩减了五成左右。

确认就算敞开斗篷也不会出现寒气Debuff的图标之后,她便从岩石底下爬了出来,看到沐浴在月光中的白银世界才稍微安心了一些。

她从奥尔尼特族的村子出发后就马不停蹄地跑了一小时,所以在被卷入这场冰风暴前,她应该已经走过二十多公里了。看到地平线都被冰雪覆盖着,她不免有些担心村子的安危,但事到如今也不能往回走了。虽然不知道现在离巴钦族的村落还有多远,但如果不在今晚之内抵达,她就得在基约尔平原的正中央下线。即便这起Unital Ring事件在VR游戏界是自2022年的"SAO事件"以来的又一个突发状况,她也没有胆子以此为理由旷课。

于是她压下现在就想启程的心情，再次在岩石的阴影处坐下。把毛皮毯子放进道具栏之后，她拿出斐琪给的硬面包，一点一点地啃了起来。面包硬得几乎能磕坏牙齿，也没什么味道，但她也不想浪费时间去生火，只好将就着吃。吃着吃着，HP和SP都开始慢慢恢复了。好不容易让HP恢复到八成，她又喝了一口水壶里的水。刚才在奔跑的过程中消耗了不少饮水，差不多该找个喝水的地方了……

"……啊，搞不好……"

诗乃低喃了一句，用双手掬起堆积在旁边的冰粒，把它们灌进水壶里。冰粒很快就融化了，壶里的水也逐渐多了起来。随后她重复同样的动作，转眼间就把水壶装满了。此时气温已经有所回升，地面上的冰也会加快融化，要是有容器就可以随意补充饮用水了……她咬了咬牙，往周围看去——当然了，这里不会有人落下水壶之类的东西，也没有可以用来制作容器的素材，她自己也没有制作技能。

她仔细地观察起了奥尔尼特族的水壶，发现它似乎是用经过防水加工的皮革做成的，虽然之前一直没有留意，但这个又轻又结实的水壶或许比里面的水珍贵多了。还有那些滑膛枪和近代风格的建筑物……她很在意他们为什么拥有那么高超的技术，不过现在离再次到访那个村子的日子似乎还很遥远。

大口大口地喝下刚用冰粒融化的冰水，让TP条恢复到满格后，诗乃又往水壶里灌了一些冰粒。如果抓紧时间启程，说不定还能在冰完全融化之前再补给一次。

背起倚靠在岩石上的滑膛枪，确认过激光枪还别在左腰上之后，她就在这片银白色的平原上快步跑了起来。

诗乃之前攒了15点能力值，现在已经消耗了其中10点，获取了"机敏"能力和由此派生的"长驱""巧手"两个能力。"机敏"的功效是对远距离和小型近距离武器的攻击力及跳跃距离的加成，"长驱"是减缓行进中TP、SP的消耗速度，"巧手"则是对远距离武器命中率和开锁成功率的加成。"长驱"的派生能力有"疾驰"和"杂技"，"巧手"的派生能力则是"命中要害"和"娴熟"，她对这几个能力都有些兴趣，不过获取第三阶段的能力需要消耗3点能力值，现在必须忍着。她也疑惑自己留着5点能力值会不会过于谨慎，但也觉得今后肯定还会遇到需要选择"机敏"以外的，例如"顽强"能力树的情况。

总而言之，"长驱"减缓TP、SP消耗速度的效果还是挺显著的，才刚升到2级，两个计量条的缩减速度就明显放慢了。如果没有获取这个能力，她很难在一小时内狂奔二十公里。

为了抢回被暴风雪耽误的时间，诗乃拼命地奔跑着。当然了，除了之前一直在回避的怪物以外，她还要时刻留意一些隐藏的地形。不过不知道怪物们是不是都潜到地底下去躲避暴风雪了，她根本看不到会动的生物，因此得以径直地往东南方前进。冰粒堆积了将近二十厘米的厚度，每走一步都会发出声响，但与雪地不同，冰层相当坚固，所以跑起来并没有想象中那么碍事。

跑了十五分钟左右，脚底下的冰似乎变薄了一些——随着气温回升，冰开始融化了。诗乃停下脚步，喝下水壶里的水，等TP恢复之后，又把附近还剩下的冰补充到水壶里。在她补给饮水期间，冰块也在逐渐融化、蒸发，接下来就得去找水源了。如果可以的话，还是想在那之前走出基约尔平原……诗乃一边这么想，一边望向前方。

紧接着，她就看到夜空恢复了点点星光，在其下方的地平线附近则隐约可以看到一条漆黑的棱线。那个山脉……不，应该是悬崖吧，就像墙壁一样分割了横跨近三十公里的荒芜草原。

那里是不是基约尔平原的终点？如果是，那巴钦族的村子是不是就在那道墙附近？

诗乃怀着这种期待，从北向南眺望断崖的底部，却看不到任何像是人工照明的光亮。现在时间将近晚上9点，要说全村熄灯也未免太早了一些，但她也只能坚信如此，一路往前走了。

冰块转眼间就彻底融化和蒸发了，草原又恢复了原来的模样。原本躲起来避寒的野兽和昆虫估计也会出来活动，接下来必须小心留意怪物的气息——诗乃这样告诉自己，小跑的脚步也依旧不曾停歇。

跑近一看，她惊觉断崖远比想象中大。

它的高度远超五十米，还是完全垂直的，根本无法攀登。就算想往北或往南绕着走，前方的路况也超出了她的可视范围，难以判断该往哪边走。

虽然她没有机会亲眼见识，不过据说Under World有四面号称"不朽之壁"的境界墙将人界划分成了四个帝国，且不论贵族，就连皇帝也无权越过那些墙壁。这种离谱规矩是因为Under World并非游戏世界才得以留存，既然Unital Ring姑且算是游戏，那应该还是有办法穿过这道墙壁的。

诗乃看了看周围，发现上方有一块平坦的岩石便爬了上去，确认附近没有怪物之后，她打开道具栏，将爱枪黑卡蒂Ⅱ实体化。

这支对物狙击枪沉甸甸地端坐在岩石上，虽然知道是白费力气，但诗乃还是尝试将它往上提——果然纹丝不动。就算她升到16级了，黑卡蒂Ⅱ还是超出了装备重量。她吞下一声叹息，用卧射的姿势往瞄准镜看去。她也可以从黑卡蒂上拆下瞄准镜当迷你望远镜用，但要想再次装上就必须重新调整轴线和归零点等诸多参数。与现实世界里的狙击枪相比，黑卡蒂的调整工序已经简化了许多，重组之后还必须试枪，可是她现在根本没有这个余暇。

因此诗乃只好费力地改变黑卡蒂的方向，仔细观察位于前方五百米的悬崖。黑乎乎的断崖面上没有多少起伏，根本不像是天然形成的，在上面攀登无疑是一种自杀行为。虽然有些地方长着小树，但要想抓着这些树往上爬，数量又远远不够。见北边没有什么新发现，诗乃便使劲把黑卡蒂的两脚支架拉回支点，开始观察南边。结果——

"……啊……"

她发出一声小小的惊呼，调高瞄准器的倍率，看到断崖有一部分被人凿出了一段阶梯似的斜坡路。于是她万分紧张地把目光往上移，发现斜坡路的最上端似乎被一个黑乎乎的横洞吞噬了。

找到穿过断崖的通道之后，兴奋与不安的情绪同时在诗乃心中涌现——身为狙击手，她实在不想钻进那种狭小的洞穴。可是不管怎么看，现在也没有其他方法可选了。她只好把黑卡蒂放回道具栏，站起身来。HP已经靠硬面包恢复了一些，TP和SP都有九成左右，一直满格的MP却毫无用武之地。她也想好好利用一下MP，但眼下根本不知道该怎么习得魔法技能。

难得继承了狙击枪技能，要是能不当魔法剑士，当一个魔法枪手也挺好的……诗乃一边在心里这么想，一边迈步往那巨大的断崖跑去。

1日

整片平原都被纯白色的冰层覆盖着，蓝白色的月光静静地洒落地面，即使知道是虚拟的，这片美景也还是让我看得入迷，连话都忘了怎么说。刚刚加入我们队伍的"背琉璃暗豹"阿黑轻轻用脑袋碰了碰我的腰，把我的注意力拉了回来。

"呼噜噜……"

它从喉咙里发出的声音就像在催我快点走一样。我挠了挠脖子，回了它一句：

"说得也是，离巴钦族的村子就剩一小段路了。"

其实那个村子并不是我们的最终目的地，在那里收集完诗乃遇到的那些鸟人的情报之后还得再次启程。或许应该先做好这样的心理准备——能在今晚0点前和诗乃会合就不错了。

多亏那场冰风暴，小怪们也销声匿迹了，还是趁现在能跑多远就跑多远吧。我一边这么想，一边准备号令大家出发，但莉兹贝特抢在我前头，略带不安地说：

"桐人，说起那些人……"

"那些人……是说巴钦族吗？"

"嗯，他们之前在村子的帐篷里请我、西莉卡，还有结衣吃了饭……那地板上铺了很多毛皮地毯。"

"……所以呢？"

"当中好像也有黑中带蓝的地毯……"

"……"

我把目光从莉兹脸上移到阿黑背上，正如它的种族名所示，

一身富有光泽的黑毛中处处点缀着漂亮的深蓝色斑点。结衣很快就和阿黑打成了一片,一边抚摸着它的后背,一边认真地解释道:

"帐篷的角落处确实铺着这种颜色的地毯,颜色构成有百分之九十七和阿黑的毛皮是一致的。"

在我们一行人之中,唯独结衣的记忆是不可能出差错的。那么巴钦族会在这片平原上狩猎"背琉璃暗豹"应该就是板上钉钉的事了。

即便真是如此,普通游戏里的NPC也不可能攻击已被玩家驯服的怪物,但是没有人能保证这个常识在Unital Ring里也行得通。

"嗯……那就让哥哥和阿黑在村子附近等着,就我们几个进去收集信息吧?"

我认为莉法的提议很合理,正打算说一句"如果你们能在村子里吃上饭,也给我带一些吧",但结衣比我快了一步,说:

"爸爸,我们或许不用去村子一趟了。"

"咦,这是什么意思?"

"刚才那场暴风雪的规模非常大,如果诗乃小姐也遇上了,那么她现在很可能就在这个基约尔平原的另一边。"

"……原来如此,确实有道理……不过我们要怎么跟诗乃取得联系呢?她不在好友和队友名单里,也没法给她发信息啊。"

听到我的反问,结衣微微一笑道:

"能不能离开Unital Ring,在现实世界里联系她呢?"

于是我听从爱女的建议,暂时退出了游戏。刚从那片银白色的平原瞬间移动到自己清冷的房间就坐起上半身,让我多少有些眩晕。往斜下方一看,直叶正戴着AmuSphere躺在床的左侧,露出毫无防备的睡脸……当然,她不是真的睡着了,现在也在遥远的虚拟世界里帮我守着我的虚拟形象。虽然刚才确认过周围没有敌人，但也很可能会有危险的怪物出现，我没有时间发呆了。

掀开头上那台AmuSphere的面罩后，我拿起了放在床头柜上的手机。由于欧古玛面世，这个小装置将慢慢被淘汰，但我还是用它给诗乃打了一通电话。

估计她现在也在UR世界里潜行，不过AmuSphere可以连接手机接收来电通知，只要她启用了这个功能，且不处于战斗等紧急状态，应该就会回复了。我耐心地听着呼叫声，足足等了三十秒之后——

"有事快说！"

手机里传出一道直接省略了许多内容的声音。这毫无疑问是诗乃的嗓音，于是我也应她的要求，开门见山地说起正事来。

"你遇到冰风暴了吗?!"

"大概二十分钟前遇到了，差点冻死。"

"那你现在是在基约尔平原上对吧？"

"是啊，正从西北往东南方向走。"

"明白，那我们从东南往西北走！有没有什么可以当标志物的地形？"

"有，平原差不多正中间的位置有一道很高的天然石壁，横穿了南北两边，上面有个洞穴，我刚走了进去。"

"石壁的洞穴……那里有怪物吗？"

"到处都有。我想尽量找个安全的地方下线，不过那些怪物搞不好会在我旁边刷新。"

这和我几十秒前想的一模一样，但不同的是我有同伴和宠物帮忙守着，而诗乃只有一个人。要是在下线期间遭到攻击，肯定会瞬间没命的。

"我知道了,我们也会从东边进入那道石壁,你再坚持一会儿。"

"明白,那就拜托了。"

说完这最后一句,电话就挂断了。我喝了一口水,再次躺到床上,拨下AmuSphere的面罩。

刚回到月夜下的平原,就发现地面上的冰块在我下线那几分钟里已经开始融化了。莉兹贝特她们正在用两手掬起残留的冰块,把它们灌进烧陶水壶里。旁边似乎没有出现什么怪物。

"我回来了!"

我边喊边站起身来,阿黑又用脑袋蹭了蹭我。虽然外表看着凶猛,但驯服之后似乎还是挺黏人的。现在熊肉干都被这家伙吃了,得赶紧筹措一下它的饵食才行。

见莉兹贝特、莉法和结衣一起走了过来,我便把诗乃的话如实转告给了她们。

"天然石壁?"

莉法嘀咕着往西北方望去,我也有样学样,然而地平线沉浸在一片黑暗之中,什么也看不到。要是我们搞了个大乌龙……我顿时有些不安,但现在也只能相信诗乃冒着生命危险给我们传达的信息了。

"赶紧走吧。"

我简短地说完,三个女孩同时点了点头,阿黑也"嗷呜"了一声。

在平原上奔走的过程中,我们曾两度遇到已经很熟悉的鬣狗,还遇上了一种长得像北美野牛的牛型怪物。牛不是很好对付,趁着阿黑以玩家望尘莫及的机动能力分散敌人注意力时,我们齐齐使出剑技,最终成功削光了牛的HP,莉法她们还各升了一级。

我们从那头牛身上获得了大量生肉,阿黑也吃得很开心,算是帮了一个大忙。这样就不用担心它会因为饿肚子而恢复到野生状态了。

随后我们一直没有遇上怪物,一直跑了三十多分钟之后,结衣突然指着前方喊道:

"可以看到石壁了!"

我停下脚步仔细一看,确实看到平原上有一道垂直耸立的断崖。呈南北走向的悬崖十分巨大,让人不由得联想到Under World的"不朽之壁"。

"诗乃现在所在的洞穴就在那石壁上?"

莉兹贝特的话让我点了点头,但是仔细一想,这道断崖南北两头相隔几十公里,要找一个小小的洞穴并不是一件易事。就算找到了,也不能保证那就是唯一的入口。

我压下焦虑的情绪,思考应该怎么做。

"爸爸,虽然有些犯规,但我会增强视觉信息来寻找洞穴的。"

说完,结衣就把圆溜溜的眼睛睁到最大。

四人之中,我、莉兹贝特、莉法都在自己的脑中"看"AmuSphere赋予的视觉情报,因此无法进行加工,唯独AI结衣可以自由地调整视野的亮度和对比度。可以的话,我也不想把她当成一个便利的工具,但我们必须与诗乃会合,就算按原定计划前往巴钦族的村子也得靠她翻译,事到如今还阻止她就太不像话了。

"对不起⋯⋯"

听到这句低语,结衣抬头往我这边看了一眼,露出微笑。之后又很快收起笑容,几秒之后,她指着前方的某个位置说:

"找到了!这个方向有阶梯和洞穴的入口!"

"谢谢你,结衣!"

莉法紧紧地抱住了结衣，莉兹也伸手摸了摸她的小脑袋。

虽然无法从这个位置得知断崖的纵深，但应该不至于有几公里长。就算内部是一个迷宫，规模估计也不会很大。

——诗乃，再坚持一小会儿！

我心里这么说着，和同伴们一起朝结衣所指的方向跑去。

悬崖隐隐约约浮现在地平线上，越靠近就越有一股压迫感，来到崖底时，我们四个已被它的威容震慑得哑口无言。悬崖高度约为五十米，阿尔普海姆也有很多落差更大的地方，但这南北之间的跨度实在大得出奇，足以横穿整个视野。如果是在其他游戏里，我或许会觉得这是设计师在偷工减料，但不知怎的，到了Unital Ring世界反而会坦率地为大自然的鬼斧神工感叹。

黑色的岩石表面又硬又滑，根本无法想象要如何徒手攀登。或许可以用制作功能来架设梯子，但周围也没有树木或藤蔓这些素材，想必操作起来也很困难。看来只能登上结衣找到的阶梯了。

这段阶梯以山石剔凿而成，仅有三十厘米左右宽，两边没有任何扶手，起点离洞窟入口约有二十五米远，若是一脚踩空摔了下去，就极有可能当场毙命。如果条件允许，我真想在石壁上设置一条扶手绳，但考虑到联系上诗乃之后已经过了将近一个小时，也不能再让她等着了。

"阿黑，你能爬上这段阶梯吗？"

黑豹随即回了一声"嗷呜"，无所畏惧地瞬间跳到了三米高的地方，还晃着长长的尾巴，仿佛在说"怎么样？"既然如此，我这个饲主也不能露怯。

"很好……那就走吧。"

话音刚落，身后的莉兹贝特就无奈地说了一句"赶紧走吧"。

幸运的是，我们在没有人坠落的情况下爬完了整段阶梯。进入石壁上那个豁然大开的洞穴之后，所有人都松了一口气。还以为这个洞穴和阶梯一样是人手打造，但现在看着倒像是天然形成的。也就是说，有人为这个开在半山腰的洞穴凿了一段阶梯。当然了，这个人不可能是玩家，只可能是NPC，就是不知道是传说中的巴钦族还是其他种族的人。

不管怎么说，这都是自昨天强制转移到UR以来第一次真正意义上的迷宫探险。我也觉得没有玩家能抢在我们前头，素材和宝箱——前提是有这些东西——应该都没有被人碰过才对。想到这里，我真想把每个角落都仔细调查一番，不过现在最重要的是与诗乃会合。

刚才我们一直在全速奔跑，导致SP条只剩六成，TP条也降到了五成以下。饮水还算充足，但食物只有北美野牛的生肉，于是我们决定给阿黑喂水和生肉，自己只喝水，等和诗乃会合了再吃饭。

"桐人，我们这支队伍的构成还挺奇怪的，你在阵形方面有什么打算？"

莉法收起水壶这么问道，我稍作思考之后作出了回答：

"我和阿黑打头阵，中间是莉兹和结衣，队尾就交给莉法。火把由我和结衣拿着。"

我刚说完，莉兹贝特就露出了欲言又止的神态。毕竟只有她一个人拿着盾，或许是想作为坦克站在前卫的位置吧。不过从我的角度出发，我还是想优先保护好结衣。她似乎也明白我的心思，点头同意道：

"明白，遇到危险要马上和我换位哦。"

"嗯，拜托你了。"

我们相视着点了点头，迅速排出了2-2-1的队列。

有不少VRMMO玩家觉得战斗开始之后再来安排队形也完全不迟，而在行进间按部就班是一件很傻、很丢人的事。在一百回战斗中，我也有九十九回是这么想的，但在艾恩葛朗特，我曾因一时松懈而招致无可挽回的悲剧——尤其是在容易引起混战的迷宫里——即便现在已经从那场死亡游戏中解脱，我也不敢对队形有所疏忽。

"要是发现了怪物就知会我们一声吧。"

我挠着阿黑的脖子低语道，黑豹以一声短促的"嗷"回应了我。

诗乃在电话里说"到处都有怪物"，这个说法并不夸张。一种滑溜溜的，貌似两栖类的怪物一波接一波地在潮湿的洞穴里涌现，挡住我们的去路。幸好阿黑的索敌能力很强，在敌人现身前就会以低吼声提醒我们，我们才能从容不迫地准备迎击。结衣也展现了与爱丽丝特训后的成果，勇敢地以短剑加入战斗，用实力证明了我的担心是多余的。

我们一边砍倒巨型蝾螈、巨型蚓螈和巨型美西螈，一边往洞穴深处前进。遗憾的是我们没能碰上一个宝箱，但也发现了不少铁矿石和铜矿石，于是我们一边往道具栏里装矿石，一边前进，就这么走了二十分钟。

SP快告急了，但我实在不想生吃蝾螈肉……我抱着这种想法一路前行时，队尾的莉法说：

"不过还真是奇怪呢。"

"哪里奇怪了？"

"这里净是些两栖类的生物，这退一百步也还可以接受，可都有那么多蝾螈和娃娃鱼了，最关键的那个却……"

砰！

远处突然响起一道短促的声音，还带着回音逐渐传来，吓得莉法合上了嘴巴。

我们从未在这个迷宫,应该说是在Unital Ring世界里听过类似的声音。阿黑也猛地绷紧了身体,"呼噜噜"地低吼了起来。那恐怕是火药的爆炸声,也就是枪声。

"是诗乃!"

我压着嗓子叫了一声,然后回过头说:

"结衣,能听出声音是从哪边传来的吗?!"

"我在分析回音……是从前方右侧的通道传来的!"

结衣果断地说道。我向她道过谢后便加快了脚步,到了分岔路口,我选择了右边的路,在一段弯弯曲曲的下坡路上小跑前进。

过了一会儿,视野突然变得豁然开朗,我们来到了一个巨大圆顶空间的上方。圆顶直径约有五十米,虽然远远超出了火把的照明范围,但因为圆顶的墙面上有一层像是光藓的地衣在发出灰白色的光芒,还可以看到对面的情况。

从我们的位置到圆顶底部有一段贴墙的狭窄螺旋状斜坡,被打湿的岩石与蓝黑色的水面分别占据了底部一半面积,而正中间的石头上有一个像是人类的身影。

看那合身的套装防具、白色的围巾,两臂上架着的细长棒状物体——枪,来到这种地方也不可能有其他枪手,我们终于成功会合了。

"诗……"

我刚想喊出那个名字就停了下来。

枪手身后还有几个人影——不,虽然是直立的,但那不是人类,它们有着有尖尖的鼻头、圆圆的大耳……脑袋就是老鼠的模样。手里好像还握着类似于干草叉的武器,一边摇着尾巴,一边朝枪手逼近,数量是两……不,是三只。

"诗乃，后面!!"

我再次大喊出声，同时以最快的速度沿着圆顶墙边的斜坡往下冲。阿黑和莉兹贝特她们也紧跟在我身后。

枪手——诗乃抬头往我们这边瞥了一眼，又迅速看向后方。她与鼠人们之间的距离连五米都不到，就算击倒了一个，也会被其余两只用干草叉刺中。

"喝！"

我在斜坡上用力一跳，看准一处浅水洼落地，周围随即溅起大量水花，HP也少了一些，但也无暇顾及了。就在我准备将左手上的火把扔向离诗乃最近的鼠人时——

"住手啊，桐人！他们不是敌人！"

听到这声呼喊，我反射性地再次握紧了火把。黑豹正要朝另一个鼠人飞扑过去，我也赶紧做出了指示：

"阿黑，停下！"

黑豹急忙刹住脚步，三个鼠人则发出"אאאא！"的惨叫声，飞快地退到了墙边。那附近有另一条通道的入口。

我往旁边一看，正好与站在岩石上方的枪手四目相对。看那一头发梢微翘的水蓝色短发、一双让人联想到猫的吊梢眼，对方毋庸置疑就是诗乃本人。不过她手上端着的步枪相当老旧，根本不像是她的搭档"PGM Ultima Ratio Hecate Ⅱ"。或许黑卡蒂和我的"布拉克维尔德"和"断钢圣剑"一样，也是因为超出了重量限制而无法装备，但那把步枪又是从哪儿弄来的⋯⋯我为此疑惑了一会儿，才意识到现在这种事根本不重要。

"诗乃，既然鼠人不是敌人，那你是在打什么啊?!"

我提出这个问题时，莉兹贝特、结衣和莉法也赶到了圆顶底部。看到她们三个踩着水洼跑来，诗乃的表情稍微放松了一些，不过很快就再次绷紧了。她大喊道：

"各位，快远离那些水！尽量站到高一点的岩石上！"

这种不容质疑的语气让我决定把疑问搁到后头，先攀上附近的一块岩石再说。可是在动身的前一刻，我就听到了"啵咻"一阵水声。

水面下有某种东西正以极快的速度接近。我还来不及躲闪，右脚脚踝就感受到了一阵冲击。被咬到了……好像也不是，感觉像是被什么东西缠住了。

突然，一股大到离谱的力量一把拉过我的右腿，让我整个人摔到水洼上。手里的火把飞了出去，发出"咻"一声之后就消失了。我试图用右手里的剑割断缠在脚踝处的绳状物体，却怎么也够不着。再这样下去，我就会被拖进水洼深处——

"嗷呜呜！"

阿黑短促地咆哮了一声，把脑袋扎进水里，一口咬住拉扯我的东西，将它拖出水中。那不是绳子，而是一种类似粉红色触手的物体，表面还有一层看似黏糊糊的光泽。

"哥哥！"

莉法挥起长刀，发动了剑技"音速冲击"。咻啪！水面应声一分为二——真不愧是我妹妹，这记提升到极限的攻击非常完美。散发着绿光的刀刃狠狠地击中了阿黑叼在嘴里的触手，直接将其砍断——并没有成功。

莉兹贝特锻造的钢制长刀才切入几厘米就卡住不动了，如橡胶般绷紧的触手随即发出怪声，弹回到原地。

"呀！""嗷呜！"

莉法和阿黑同时被甩飞，溅起一阵水花。不过一人一豹的攻击并不是徒劳，触手松开了我的右腿，再次消失在水底深处。

我赶紧扶莉法起来，这次成功爬到了附近的岩石上。结衣和莉兹贝特也各自后退到别处的岩石上，阿黑起身后轻轻一跃就来到了我身边。

"诗乃，刚刚那个是?!"

我再次发问，枪手以依旧架着滑膛枪的姿势答道：

"它很快就会从水里出来！还会到处乱蹿，小心别跟丢了！"

话音未落，水面就响起"啪刷"一声，一个黑影从远处的水中飞了出来。很大，全长大概两米……如果它伸直那长得离谱的结实后腿，估计长度还会翻倍。相对地，它的前腿非常瘦弱，脑袋和身体是一体的。

这只巨大的生物以令人目不暇接的动作接连跳过一个个水洼，最后贴在圆顶的墙上，停下了动作。我、莉兹贝特、结衣还有莉法异口同声地喊道：

"是青蛙!!"

且不说尺寸如何，那外形彻头彻尾就是青蛙——两只外凸的大眼睛、菱形的身体、从折叠的四肢延伸出来的指头则像吸盘一样有些鼓胀。

这时我终于明白莉法在枪声响起之前想说什么了。这里明明有那么多蝾螈和娃娃鱼，却一直没有看到青蛙。

"有青蛙啊，这不是挺好的吗？"

我仰望着紧贴在石壁上的两栖类代表动物嘀咕了一句，莉法闻言便以干涩的嗓音回道：

"我也没期待会有这种东西啊……尤其是个头这么大的……"

"它肯定是这个洞穴里的头目吧……"

我这绝不是胡乱猜测。因为之前被触手攻击了右腿，我现在可以看到巨型青蛙脑袋上方的环形光标。它的固有名称是"Goliath

Rana"。包括阿黑在内，我们之前遇到的怪物名称都是用日语表示的，唯独这只青蛙是英语名称，这到底意味着什么呢？而且这是不是英语也不好说。

"Goliath是巨人的意思吧？那Rana又是什么？"

听到我的低语，结衣就立刻回答了一句"我想是指日本林蛙。"巨型青蛙的胴体确实呈暗沉的红色，两只放光的眼睛就像烧得通红的炭火一样。

Goliath Rana眨了眨外凸的眼睛，开始慢慢在墙面上攀登。看着那如牛般巨大的身躯灵活地在石壁上的突起间移动，不免让人产生一种奇妙的失重感。

"诗乃，要开枪就得趁现在了吧。"

枪手依然把步枪架在腰间，完全没有动手的打算，但我明知自己多嘴也还是问了。结果诗乃继续仰望着那只青蛙，有些不耐烦地回道：

"我开过好几枪了，可是那家伙后背的皮太硬，根本没法用这把滑膛枪射穿。"

我记得滑膛枪是一种老式枪械，一直到"三枪手"时代才被弃用。这种武器的枪筒没有膛线，不能称之为步枪。她是从哪儿弄来这东西的？我忍不住对此感到好奇，不过现在也没有闲情提一些与战斗无关的问题了。

"……如果几个人合力撑起黑卡蒂，能不能强行开一枪？"

这个新方案也被立刻推翻了。

"不行，洞顶那里没法取得射角，它下来时的动作又太快，根本无法瞄准。"

"原来是这样……"

我也很好奇那些呆站在后方的鼠人是什么来头，不过既然不是敌人，那就待会儿再问好了。现在必须先想想该怎么应付这只Goliath Rana。

"桐人，艾恩葛朗特那些青蛙怪物的要害基本都在肚子那儿。"

听到手持战锤的莉兹贝特提起这件事，我立刻点头道：

"确实没错。我们就想办法让它露出肚子，然后集中攻击吧。"

"要怎么做？"莉法问道。

"这个嘛……"在我呢喃时，那只巨型青蛙已经爬到约有三十米高的圆顶最上端，然后又让身体转向，转动两只火红色的眼睛。

"它要攻过来了！"

诗乃大喊一声，几乎与此同时，青蛙用两只矫健的后腿蹬了岩石一脚，以惊人的速度朝我俯冲而来。

"哇啊！"

我本能地做出一个后空翻，勉强避开了直击，但片刻之前我站着的岩石已经粉碎得看不出原样，四处飞散的碎石则打中了我的全身。虽然HP只缩减了百分之三左右，不过要不是我穿着金属铠甲，损伤估计不会这么轻微。不，现在在我们身上没有回复药水，就算受的都是轻伤，要是多了也会危及性命。

确认过结衣等人的血条都没有缩减之后，我才发现自己忘了一件很重要的事。于是我又后退了几步，打开环形菜单，点击通讯列表里的邀请键，滑向诗乃那边。诗乃很快就接受了邀请，我的视野左上方随即出现了一个新的缩小版计量条。

发起陨石坠落般的俯冲攻击后，Goliath Rana只在原地停留了三秒左右就开始了新的动作。它一下跳进附近的水面，隐去了踪迹。

"到岩石上面来！"

在诗乃的指挥下，我们再次跳到了就近的岩石上。我用余光看到结衣和阿黑也一起爬上去了，便向诗乃确认道：

"那家伙的攻击模式就是重复潜到水底下用触手攻击，还有爬到洞顶俯冲下来这两个动作吗？"

"目前来看是这样的。还有，那不是触手，是它的舌头。"

"啊……原来如此。"

也就是说，之前这只Goliath Rana缠住我的右腿并不是想把我拖进水里，让我溺死，而是想吃了我。玩家在Unital Ring里只有一条命，我还是想尽全力避免这样的结局。

我们一直待在岩石上不动，没多久青蛙就从水里跳了出来，再次攀上墙壁。虽然我们没有进攻的手段，不过只要能躲过它的俯冲攻击，也不至于受到太大伤害……不，不对。它每次俯冲都会破坏一块岩石，这样下去早晚会失去所有能躲避它舌头攻击的安全地带。

"莉兹、莉法，躲过下次俯冲攻击之后，就在那家伙动起来之前发动剑技吧。尽可能瞄准它身体下方，把它掀翻过来。"

"嗯。""好。"

听到两人的回应之后，我继续作出指示：

"诗乃、结衣，等青蛙露出肚子了就给它一记追击。阿黑负责保护好结衣。"

"收到。""明白！""嗷呜！"

先不说她们两个，我也不清楚豹子到底能听懂多少人话，不过现在也只能相信它了。

Goliath Rana用附有巨大吸盘的四肢"啪哒啪哒"地在岩石表面攀爬，看样子还要十秒才能爬到洞顶。说不定我还能用手上的素材在它的落点做个陷阱，比如用圆木做个枪林什么的……但前提是木工技能的制作菜单里有这种东西。

"桐人！"

听到诗乃的喊声，我猛地睁大了双眼。Goliath Rana还没有爬到洞顶的最上端，但两只后腿已经开始膨胀了。

"嘿！"

在我使出全力往后一跳的同时，青蛙也蹬着石壁起跳了。庞大的躯体如同炮弹一般猛冲过来，直接撞碎了我眼前的岩石，拳头大小的石块则狠狠地击中了我的右肩、腹部和左脚。铁制的铠甲被撞出凹陷，血条也明显缩短了。

——这混蛋！

为了挽回失态，我在半空中摆出了下段位突进剑技"愤怒刺击"的架势。本来这一招必须在地面上让身体以最大幅度前倾才能发动，要在跳跃过程中进入发动状态还是需要相当高的技巧的。

在我落到浅水洼上的同时，我的长剑散发出了淡蓝色的磷光。技能发动的瞬间，我蹬地加大其威力，左右两边随即迸发出白色的冲击波，直往暂时无法动弹的Goliath Rana的喉咙刺去。

几乎与此同时，莉兹贝特和莉法也分别从左右两边冲了上来，按照计划发动了下段位剑技。这波攻击三管齐下，即便是巨型青蛙也该被打得翻身了。

然而零点一秒之后，我的确信就变成了战栗。

Goliath Rana那小山般的巨躯突然像是被抽去了骨头似的直往下沉，变得扁平的身体紧紧地贴在地面上，根本看不到它的脑袋和腹部，但是我们的剑技已经无法取消了。我的长剑击中青蛙的鼻尖，莉法的长刀和莉兹贝特的战锤分别打中了它的左右肩膀，暗红色的皮肤立刻凹陷了一大块。

这更像是砍中了一块橡胶的手感——明明剑尖陷了进去，却没有劈开的感觉，反作用力还急速增大，远远超过了剑技的冲力。就在这一瞬间——

我、莉兹贝特和莉法发出三种不同的惊呼声，都被远远地弹飞了。身体在半空中无法做出防御姿势，可Goliath Rana已经张大了嘴巴。那看似有毒的粉红色舌头先是往深处一缩，眼看就要像长矛般猛地刺出——

砰！一声轰鸣灌入我的耳朵，是诗乃用滑膛枪射出子弹，直接贯穿了青蛙的舌头。舌头随即迸射出深红色的伤害特效，虽然只将它的血条削减了不到一成，不过还是让它发出了"呱"的一声惨叫，向后一仰，露出了柔软的喉咙。

"呀啊啊！""嗷呜！"

结衣发动了剑技"垂直斩"，阿黑也露出巨大的獠牙，长剑和獠牙从左右两边撕裂了青蛙的喉咙，又让它的血条缩短了一成。

一人一豹的同时攻击虽然伤害量少了一些，但好就好在击倒效果叠加起来了——青蛙顺势往后倾倒，后背朝下地摔进水里。

得乘胜追击才行！想是这么想，但我、莉兹和莉法都没能立即从击退效果中缓过来，青蛙正胡乱蹬着短小的前腿和健硕的后腿，眼看就要翻过身来了。诗乃也在填充子弹，还无法打出第二枪。

刚才的通力协作几乎是偶然的产物，很难完全重现。可是如果此时错过追击的机会，胜利就会离我们远去。我咬着牙试图站稳，又将左手伸向前方，抓了几把空气，但虚拟形象依然在无情地往后倒下——

"吱吱！"

一道刺耳的叫声就在这时突然响起。

那不是青蛙的叫声，也不像是同伴们的呐喊声。我不禁心里一紧，以为又冒出了什么新的怪物，然而从我身后冲出来的并不是两栖类生物，他们个子矮小，穿着粗糙的衣服，两手握着锈迹斑斑的干草叉——原来是早就被我抛在脑后的三个鼠人。

三人冲向后仰倒地的Goliath Rana，把干草叉深深地扎进了那雪白的腹部。

"呱呱！"

青蛙发出愤怒的咆哮声，全身都在剧烈地收缩，接着就像上了发条似的猛地挺胸提肚，将身子翻了过来。鼠人们"אא！"地叫着，又逃回了圆顶外围。

看他们那样子也不是真的想参战，不过能帮忙追击一番也挺让我感激的。青蛙的血条总共缩减了四成，一开始还是白色的计量条也泛起了黄色。

Goliath Rana起身之后便带着水花再次跳到石壁上，开始往上爬。原本跌坐在地上的我、莉兹和莉法急忙站起来，准备应付青蛙的俯冲攻击。

看来Goliath Rana属于"不好瞄准要害，但一旦打中就能一口气削去很多HP"的类型。只要再把它打翻两次……运气好的话，一次就能取胜了。为此无论如何都得先打中它的嘴。

"诗乃，瞄准那家伙的嘴！"

听到我的指示，刚给滑膛枪填充完子弹的诗乃便回了一句"明白！"然后我又对莉兹贝特喊道：

"莉兹，等那家伙俯冲过来了，就什么也别管，直接用战锤给它脑袋来一击！虽然会被弹开，但可以靠这一招诱导它用舌头攻击……我觉得可以！"

"你觉得?!"

莉兹贝特露出不满的表情，不过也只是一闪而过。她重新握好钢铁制的战锤，很有气势地喊了一声：

"真拿你没辙，那我就试试吧！"

在这种费心费力的战斗中，有莉兹贝特这样能炒热气氛的人在真的帮了大忙。唯独这一点还真是学不来啊。我在心里这么想着，然后做出第三个指示：

"莉法、结衣，还有阿黑，等青蛙翻身之后就用最大威力的剑技狠狠攻击！要小心别被它的后腿踢中！"

"包在我身上！"

"好的！"

"嗷呜！"

两人一豹都很干脆地做出了回应，我又朝墙壁看了一眼，发出最后一声吆喝：

"麻烦你们做出跟刚才一样的攻击！"

我吆喝的对象就是那三个鼠人。虽然没有得到回答，但我坚信他们能听懂，便将视线挪回圆顶上方。Goliath Rana已经在墙上爬过七成距离，随时有可能发动俯冲攻击。

下次我会完美避开的。我打定这个主意，瞪着青蛙看。只见它停下四肢的动作，外凸的眼睛闪着红光。

下一瞬间，一个我完全不曾料想的现象出现了。

Goliath Rana的背上冒出了五六个藤壶般的突起物，还喷出通红的火焰。虽然火焰很快就变小了，但一直在晃动，没有消散。我还没来得及思考那是什么东西，青蛙就对着圆顶的底部张开了大口。

这段距离超过了二十五米，青蛙的舌头再长也不可能够得到吧……我刚冒出这个想法，青蛙大敌的嘴巴前就出现了一个红色的圆圈。圆圈里似乎还有某种复杂的图案。

"……魔法阵？"

我这句低语被莉法充满急迫的声音打断了。

"大家快躲开！"

话音未落，青蛙便从口中发射出了一个巨大的火球。我本能地往右边一跳，抱起结衣潜入就近的水面下。

随着轰隆一声，视野被染得一片通红，后背被热浪灼烧着，HP也减少了一些。

爆炸结束后，我立刻抱着结衣站了起来。

"大家都没事吧?!"

诗乃、莉兹贝特和莉法同时做出了肯定的回应，阿黑也强而有力地吼了一声。青蛙放出的火球击中了圆顶底部的中心位置，让那附近的一处水洼蒸发得一干二净，不过同伴们似乎都没有被直接击中。退到墙边的三个鼠人也安然无恙，只是吓得跌坐到了地上。

我抬头一看，Goliath Rana依然贴在石壁上，喉咙处一会儿鼓起一会儿凹陷的，看样子暂时不会冲下来。

"……青蛙碰到火不是应该像蛞蝓碰到盐一样吗……"

听到我的抱怨，莉兹贝特便说了一句"你又在随便引用熟语了……不过这次好像没错。"虽然我语文水平的风评保住了，但战况依然相当严峻。这边的远距离战斗力就只有诗乃那把单发滑膛枪，如果一直让敌人从洞顶发射刚才那种爆炸火球，状况只会越来越糟糕。

我们也不是非得击倒这只青蛙不可，只要能和诗乃一起逃到基约尔平原的东侧就行了。可是我们刚才来时的洞穴入口处于一个相当高的位置，必须通过墙边那段斜坡走上去才能到达，青蛙也不大可能会给我们放行。

斜坡……

"……大家听着，我准备爬上墙边那段斜坡，从那里跳起来发动剑技攻击青蛙，拜托你们按刚才的流程追击！"

我直接把想到的主意说了出来,但同伴们都露出了不安的表情。

"这么做的话,哥哥也会摔下来的。从那个高度坠落,说不定会死……"

我断然否定了莉法的担心:

"没事的,只要能掉进比较深的水里就不会受伤。也只有这个办法了。"

"……"

莉法合上了嘴,但藏在那对绿色眼睛里的担忧并没有消失。事实上,我也没有十足的把握能跳进水足够深的地方。

为了实行这个孤注一掷的方案,我正想放下右手上抱着的结衣时——

"爸爸,这个任务就交给我吧!"

结衣突如其来的宣言让我瞪大了双眼。

"这,这……但是……"

"爸爸是小队里攻击力最强的,所以应该负责追击,而不是进行第一波攻击。"

"但是,结衣还不能使出'音速冲击'……"

"我会先进入洞穴助跑一段距离,这样就算用'垂直斩'也够得着的!"

"但是……"

我连续说了几个"但是",但结衣盯着我的脸说:

"爸爸,我不希望自己总是受保护的一方。"

"……"

她的表情很是严肃,让我突然觉得她与亚丝娜十分相似。虽然我自己没什么感觉,不过可能也有一点点像我。

"……好吧,那就拜托你了。"

我嘱咐完便把娇小的女儿放下，与此同时，诗乃在稍远处喊道：

"它开始动了！"

我抬头望向圆顶上方，只见Goliath Rana正慢吞吞地往水平方向移动。估计它很快就要发起第二波火球攻击了，而结衣很有可能在爬坡的过程中被它盯上。

然而莉兹贝特的声音吹散了我的担忧。

"我来引开它，快让结衣过去！"

莉兹贝特果断地说完这句话，就用战锤敲了敲圆盾。圆盾随即散发出淡淡的波纹状特效，应该是她在我不知情的时候获取的挑衅系技能的效果吧。

原本已经动身的Goliath Rana停了下来，换了个方向。

"我出发了！"

结衣喊完便单手拿着短剑开始奔跑，以让人吃惊的速度跳过岩石和水洼，一到达墙边的斜坡路就毫不犹豫地往上冲去。

这时青蛙猛地抬起上半身，把嘴巴张得老大，明显是在瞄准莉兹贝特。

"大家快离远一点！"

我听从莉兹贝特的指示，一边后退一边喊：

"莉兹，你可得躲开啊！"

"你就相信我做的盾吧！"

那该不会是……我刚冒出这个想法的时候，Goliath Rana的口中就出现了红色的魔法阵，还发出了刺眼的光亮。

轰隆！燃烧的火球撼动了空气，轰然射出。而莉兹贝特没有退缩，她高高举起左手上的圆盾，将右手的战锤抵在盾牌后方。

那面盾牌是以"布拉克维尔德"熔化后得到的"高级钢锭"为素材打造的，其防御力应该也与制作者莉兹贝特的锻造技能熟练度成正比，但Goliath Rana的强度与野外头目不相上下，我真的不觉得她可以毫发无伤地挡下它发射的火球。

我的右腿在颤抖，很想蹬地跳过去，但我又用右手揪住膝盖附近的位置，拼命地压下了这股冲动。如果现在跳了出去，被卷入爆炸，我就有可能来不及起身追击。现在我必须相信莉兹和结衣的决心，咬牙忍着。

直径约五十厘米的火球直接击中圆盾，在扭曲的同时迸发出了耀眼的光芒。翻滚的红色火焰与浓黑烟雾掩盖了莉兹的身影，爆炸的冲击波迎面袭来，我赶紧用双臂遮住自己的脸。

我看到视野左上方的莉兹的血条正在缩减。七成，六成，转眼间就缩减到了一半以下……最后在余四成左右的位置停了下来。

"莉兹！"

我抬起头大喊一声，蹲在爆炸中心点的莉兹贝特抬起右手，向这边竖起了大拇指。她明明可以靠冲刺躲过火球，却还是故意选择了防御，想必是想阻止对方将火球射向结衣吧。

而结衣也差不多走完那段沿着圆顶外墙盘旋而上的斜坡了。那条狭窄的通道上没有任何扶手，就连我也不敢毫无顾忌地在上面冲刺。而她之所以敢用那种速度跑上去，并不是因为她是AI，而是因为她花了许多时间去培育真正的心与勇气。

她去到斜坡顶端之后就跑进了洞穴，准备来一段助跑。

"呱……"

Goliath Rana发出低鸣，转身面向洞穴。糟糕……如果它用舌头攻击，结衣就会在半空中被击落。

"看这边！"

发出这声呐喊的人是诗乃。她拿起填充好子弹的滑膛枪，对准紧贴洞顶的青蛙，迅速地扣下了扳机。打火石击出火花，慢了一拍才响起火药爆炸声。

发射出去的子弹击中了Goliath Rana的右眼。

"呱呱呱!"

青蛙发出惨叫,开始再次转身。

紧接着,一个纯白色的人影从洞穴里冲了出来。

一头黑色长发正随风飘扬,她将短剑架在右肩上,剑身则带有忽明忽暗的蓝色光辉。结衣从未练习过这一招,要以不稳定的姿势在半空中发动剑技并不是一件易事,但特效的光束还是勉强留到了最后。

"呀啊啊!"

这声勇猛的吆喝一直传到了地面上。结衣用右脚踩着空气,发动了"垂直斩"。那娇小的身体在系统辅助下获得了加速,用短剑在昏暗中划出一道亮眼的轨迹。剑尖随即陷入青蛙的侧腹,虽然没能劈开皮肤,不过这阵冲击还是令它四肢上的吸盘脱离了岩石表面。

它的皮肤以橡胶般的反弹力将结衣远远地弹飞,自身也胡乱蹬着前后四只腿往下坠落。

若是掉进水中还好,但万一摔到了岩石上,结衣的HP肯定会当场归零。可是如果我跑过去接她,又会来不及追击青蛙。

就在我感到自这场战斗开始以来最深刻的焦虑时,一个陌生的——不,是莫名有些熟悉的声音传到了耳边:

"小结衣就交给我吧!"

——虽然不知道你是谁,但是拜托了!

我在心中回道,然后摆好架势——这是我现在可使用的最强剑技,三连击技"锐爪"。身边的莉法也准备发动同一个技能,从爆炸伤害中重新站起身的莉兹贝特也挥起了战锤,诗乃则换下滑膛枪，拿起了一把小型激光枪，阿黑也露出了尖利的牙齿。

坠落的Goliath Rana的背部狠狠地撞上了其中一根石柱，整个身子高高弹起，看准它再次落地的瞬间，我大喊道：

"就是现在！"

我、莉法、莉兹贝特和阿黑分别从四个方向冲向青蛙那毫无防备的腹部，将长剑、长刀、战锤和獠牙狠狠地扎了进去。它的血条瞬间被削走一大段，只余下两成。我们四人刚离开，鼠人们就呐喊着冲了上来，用干草叉用力突刺。

还剩一成。

我努力挣脱发动剑技带来的硬直，准备再以一记普通攻击了结它。然而青蛙比我快了一步，保持着仰躺的状态，张大了嘴巴。

"呱啊啊啊啊！"

这声愤怒的咆哮催生了一个大型魔法阵。糟糕！离得这么近，万一它喷出火球，我们就是想躲也没得躲……

"休想！"

诗乃以惊人的蛮劲冲到青蛙眼前，把右手的激光枪插进魔法阵里，扣下了扳机。

咻咻咻咻咻咻！随着一阵充满科幻感的枪声，黄绿色的能量子弹一发接一发地射进了Goliath Rana口中。青蛙的血条在一点一点地缩减，包围着诗乃手臂的魔法阵发出的光芒却越发耀眼，它口中那团火焰也在晃动和翻滚，但没有形成火球，而是成了一阵龙卷风……

就在这时，它的HP归零了。

"呱呱！"

在青蛙发出短促惨叫的同时，深红色的魔法阵也化作一股黑烟消散了，与ALO中魔法咏唱失败时的场景很是相似。

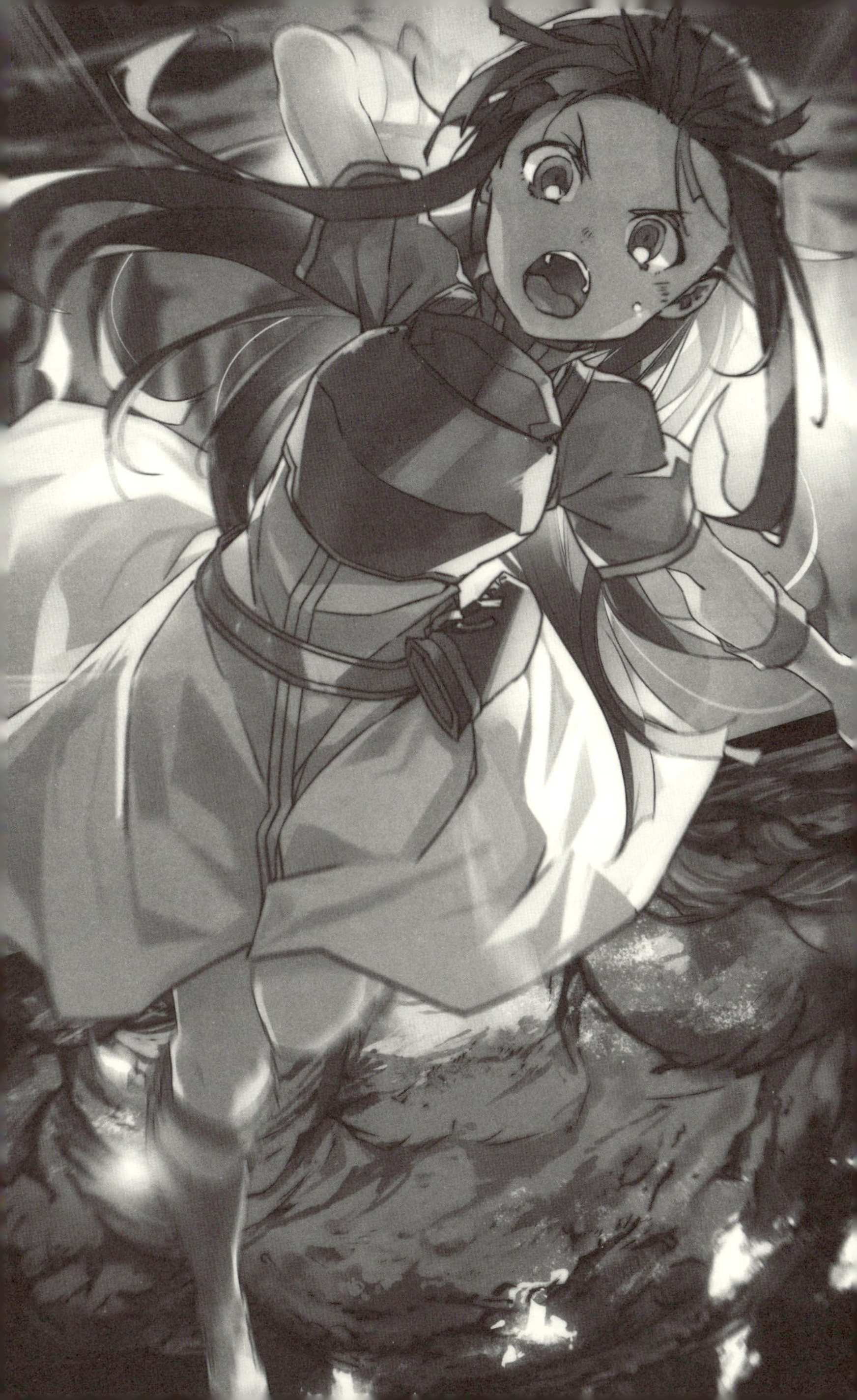

那庞大的身躯顿时痉挛起来，被慢慢地抽走力量……最后完全静止了。

如果是在SAO或ALO，死去的怪物会变成蓝色的光粒四散而去，但在这个世界里，怪物的遗体会留在原地，所以不能马上放松警惕。虽然我也很担心结衣，但还是打算先确认青蛙是否已经彻底死亡，便架着长剑往前走了一步。

就在这时，一个奇妙的现象出现了。

青蛙依然仰躺着一动不动，但它的心脏位置浮起了一道红光，还在昏暗中缓缓上升。此前我们也击倒了不少怪物，包括与它同样强大的棘针洞穴熊，都不曾见过这样的现象。

"桐人，那是……"

诗乃的声音仿佛推了我一把，跑了两步之后，我用力一跃，朝那道红光伸出了手。然而我的指尖刚碰到那簇光，它就像肥皂泡那样绽开、消失了。落地之后，我看了看左手，手心里什么都没有。

突然，我们所有人都被蓝色的光环裹了起来。一时之间我还以为是遇到了什么陷阱，不禁心头一紧，不过很快就意识到这不过是升级时的特效——看来那只青蛙确实死透了。随后就有一条告知等级已上升至16级的信息出现在我眼前，不过我匆匆关闭了窗口，抬头望向上方。

身穿白色连衣裙的结衣在昏暗之中也非常显眼，她正悬挂在洞口的正下方，某个倒挂着的人正紧紧抓住那只纤细的左手。那名玩家的右腿上绑着绳子，绳子另一端则由另一名叉开两腿站在洞口处的玩家拉着。

悬空的结衣和身份未明的闯入者都在往左右两边晃动，还能隐约听到撕裂的声音——绳子无法承受两个人的重量，眼看就要被扯断了。

看到站在洞口处的高个子男人开始一点点地往上拉绳子，我赶紧冲到结衣的正下方，对上方喊道：

"喂，别勉强了！"

我刚喊完，对方就落下一道粗犷的声音：

"这绳子不够长，没法放到地面上，再这么下去也只能撑个二十秒了！"

回应这句话的是抓着结衣手臂的另一个男人。

"老板，都到这地步了，怎么还说这种话啊！快给我想办法把我拉上去啊！"

——总觉得那两个人的声音都好耳熟……

这应该算是既听感而非既视感吧。我把这种想法放到一边，用双腿来了个急刹车。既然跑到下方等着也接不住结衣和那个男人，那就只能准备一个缓冲垫了。不过道具栏里的那些鬣狗毛皮应该无法完全抵消从那个高度坠落的伤害吧。

现场只有一种东西能充当缓冲垫。我转身以最快的速度折回，对莉兹贝特等人喊道：

"大家都来帮忙搬一下！"

我一边喊一边抓Goliath Rana瘫在地上的右腿，队友们似乎立刻明白了我的意思，诗乃来到我前面，莉兹贝特和莉法则冲到左腿旁边，四人一起用力拖动那具庞大的躯体。

阿黑吼了一声，用牙齿咬住青蛙的侧腹帮忙挪动，连那三个鼠人也丢下干草叉，帮我们推起了青蛙的脑袋。众人一起使力后，青蛙的巨大身躯就以超出想象的速度滑过了潮湿的岩石表面。我一边用力拉，一边往后面看，发现结衣她们已经被提到离洞口还有五米的位置了，但绳子的损耗速度也相当快。

还差一点就能到达两人的正下方了……在我冒出这个想法时，一道无情的"啪"声传进了我的耳朵里。

"桐人，抱歉！你自己想办法接住吧！"

一直试图把绳子往上拉的大汉吼道。我已经无暇顾及他为什么能喊出我的名字了。

"哇啊啊啊啊！"

另一个男人则随着一阵略显窝囊的惨叫声坠落下来，不过他中途还用力拉过结衣的身体，将她抱住，试图让自己成为垫背那个，真是挺有男子气概的。既然如此，我也不能辜负他这份好意。

"用力啊啊啊！"

我一边大喊，一边绞尽最后一丝力气，眼前随即浮现出一条信息："强健技能的熟练度上升至4"。青蛙的遗体也微微浮起，然后落在水洼上，静止不动。

一秒后，男人和结衣掉了下来，深深地陷进了Goliath Rana的腹部。即便失去了生命，那橡胶般的弹力依然丝毫不减，两人被弹飞了一米多高之后才再度落下，继而停止。

"爸爸！"

不管是在悬挂还是坠落之时，结衣都不曾喊过一声，此时她却张开双臂，朝我飞扑过来。我也接住、抱紧了那娇小的身体，控制力道，不让金属铠甲压着她。

"你很努力了。在半空中发动的'垂直斩'真的很精彩。"

听到我这句低语，结衣的声音中多了一些颤抖——自与Goliath Rana开打以来，还是第一次听到她这样的声音。

"……是的，我很努力了！"

之前结衣从未参与过战斗，野外头目战给她带来的恐惧和重压肯定远远超出了我的想象。那些情感体现绝不是身为AI的她在学习之后模仿出来的。我相信，现在的她已经超越了自上而下型AI的极限，获得了真实的情感……若不是这样，她又怎么会主动执行这种牺牲自我的作战呢？

就在我沉浸在万般感慨之中，来回抚摸结衣的头发时——

"哎哟喂，真是九十九死一生啊……"

呈大字型躺在青蛙肚皮上的男人念叨着奇怪的熟语坐了起来。

他用暗红色的大头巾绑起一头褐色短发，下方则是一张略长的脸，下巴处还留着稀稀拉拉的胡茬。身上的防具是皮革制的，左腰上还别着一把弯刀。

从听到那个嗓音的时候开始，我的内心就在反复念着"难道是他？""不会吧"这两句话，但是看来事实还是偏向于"难道是他？"那一边了。

"……克莱因，你在这里做什么？"

我姑且这么问了一句，这位从SAO时期就与我颇有交情的刀手……不，是弯刀手随即张开两手辩驳道：

"喂喂喂，桐字头的老大，怎么能这么说呢！我可是想到你们打得很辛苦才这么慌慌张张地赶来的啊！"

"那是该谢谢你啦……"

这时莉兹贝特插嘴道。

"你是怎么知道我们在这儿的？现实中没有人联系你吧？"

"这件事就让我来解释吧。"

这道从上方落下的声音让我们齐齐抬头望去。

谨慎地从贴着圆顶外墙的斜坡下走来的，是一名有着健壮身体和强悍面容的光头男玩家。他也是我的老熟人之一，斧战士兼商人——艾基尔。不过他背上没有那标志性的双手斧，反而是左腰间多了一把小了一号——不过还是比我的长剑要大得多——的双刃斧。防具则是和克莱因同款的皮甲。

"嗨，艾基尔。"

等巨汉来到地上，我便与他轻轻碰了碰拳头，顺便以同样的方法和克莱因打过招呼后，我再次开口问道：

"说吧，你们是怎么来到这里的？你们应该也和其他ALO玩家一样，是从南边的遗迹那里开始游戏的吧？"

"是啊，而且我和克莱因都来晚了一天。我们直到今天傍晚才有空潜行，一进来就发现缓冲期早就结束，周围的区域都被人搜刮干净了……想尽办法跟克莱因会合之后，我本来是打算去你们那个小木屋的……"

"咦，可是你们也不知道小木屋在哪儿吧？"

"亚丝娜给我们发来了手绘的地图。"

"哦，原来是这样啊……"

真不愧是前KoB的副团长大人，果然勤恳啊……我正暗自佩服时——

"反正桐字头的老大肯定是把我们给忘了。"

依然坐在青蛙肚子上的克莱因略带哀怨地说。他说得确实没错，但我也不能就这么点头。

"没……没有这回事。克莱因和艾基尔平日里都要工作嘛……我是想等情况稳定了再跟你们联系的……"

话音刚落，艾基尔就在胸前叉起双手，说：

"我家店今天休假来着。"

克莱因也紧接着说：

"我今天下午也请了半天假呢。"

"Dicey Cafe又不是定期休假的，再说了，我哪知道克莱因会请假啊！"

就在我们这么争论的时候——

正在给滑膛枪填充子弹的诗乃清了清嗓子，说：

"能不能快点说正事？我也有很多事情要忙的。"

"哦，抱歉抱歉。"

艾基尔道过歉后便把话题引回正轨：

"我们凑齐最基本的装备之后就从遗迹出发前往森林，但在路上突然被一个PKer三人组偷袭了。对面的武器都是铁做的，而我们只有石制武器，防具也差了人家一截，当时还以为要完蛋了。"

"我和老板当时就靠平时磨炼出来的默契左一下、右一下地回击那些搞偷袭的PKer，打得他们那叫一个落花流水……"

然而艾基尔以低沉的声音打断了克莱因夸张的说辞。

"喂，你当时明明一直躲在我后面吧？"

"我有什么办法啊，谁叫我继承的技能是……"

说到这里，克莱因就不自然地合上了嘴巴。估计是他继承了熟练度达到上限的太刀技能，不适用于弯刀吧。我在心里这么想着，把目光移到艾基尔那边说：

"那你们击退PKer了吗？"

"嗯……那些人感觉也是临时组的队伍，打起来没有一点默契，所以我们还能应付。不过我一下忘了缓冲期已经结束，一不小心就用范围剑技把他们三个一起解决了……"

艾基尔的神情霎时变得有些苦涩。这个大块头就是这么心地善良，如果当时那个PKer三人组想逃跑，他应该也不会穷追猛打吧。莉法过去拍了拍他粗壮的手臂，说：

"你不用难过啦，艾基尔先生。那些PKer应该也知道自己可能会被反杀的。我们昨天也被PKer团队袭击了，不过桐人毫不留情

地把他们全打倒了。"

"喂……喂喂,又不是我一个人解决的。"

我赶紧补充说明道,然后催促艾基尔继续往下说。他微微一笑,轻轻拍了拍那副带有黑色光泽的皮革铠甲。

"那些PKer身上掉了这件皮甲,还恰好掉了铁斧和弯刀,所以我们就心怀感激地拿来用了。之后我们靠着地图走到了小木屋,亚丝娜说很担心你们,就拜托我们来帮忙啦。"

"原来是这么回事……"

我在心里向自己的搭档道了谢,又困惑地歪了歪脑袋。

"可是亚丝娜她们应该也不知道我们的移动路线吧?那你们俩是怎么找到这个洞穴来的……"

听到我再次提出这个问题,艾基尔又笑了笑,用下巴指了指克莱因。那位刀手……不对,现在是弯刀手隔着大头巾挠了挠脑袋才下定决心似的说:

"这个嘛,就得说到我传承的技能了……"

"啊?你继承的不是太刀技能吗?和这有什么关系?"

我的想法和莉兹贝特提出的问题一模一样,估计莉法、诗乃,乃至结衣也是这么想的。所有人的视线都集中在克莱因身上,只见他露出一个难以形容的表情,说:

"不是太刀啦。"

"啊?"

"我继承的是'追踪'。"

"啥?!"

我们异口同声地大叫道。

ALO的追踪技能十分方便,可以看到玩家或怪物的足迹,在找各种素材的时候也更容易有所发现。不过提升这项技能需要很强的耐性，因此没有多少玩家会特地去练。我记得克莱因的太刀技能的熟练度应该也达到了最高的1000，既然他继承的不是太刀技能，那就说明他把追踪技能也练到满级了……

"我说你啊，为什么要把这个技能的熟练度练到那么……"

莉兹贝特很是无奈地低声说完，又像想到什么似的大叫道：

"啊，难道你原本是想靠这个去跟踪可爱的女孩子的?!"

"才，才不是呢！我是为了完成诗寇蒂小姐留给我的追逐任务，才会……"

"……啊？"

艾基尔以外的所有人又一次张大了嘴巴。

诗寇蒂是我们在位于阿尔普海姆地下的幽兹海姆遇到的NPC，她非常漂亮，那凛然正气的身姿能让人联想到北欧神话中的女武神，听克莱因这么一说，我也想起她在临别之际好像把某样东西交给了他。那是开启任务的道具，克莱因是为了完成这个任务才努力地把追踪技能练到满级的……应该是这么一回事吧。

"……那你完成那个任务了吗？"

我的问题让克莱因满面愁容地摇了摇头。

"还差一点点就能完成了……可谁能想到会遇上这种事呢……也不知道诗寇蒂小姐是不是安然无恙……"

完成那个追逐任务之后又能得到什么呢……我暂且把这个问题咽了下去，回到正题：

"就是说克莱因用继承来的追踪技能追上我们了？可是熟练度应该下降到100了吧，真亏你能追到这里来啊。"

"哦，还好啦……虽然熟练度100不能追踪指定玩家的足迹，不过这片平原上也只有一组人的足迹，我就想这应该是桐字头的老大这队人的，就一路追到这儿来了。"

"原来如此……"

我终于理解了事情的来龙去脉,于是再次向艾基尔和克莱因低头致谢:

"艾基尔,克莱因,真的很感谢你们。要不是你们俩帮忙接住,结衣就要和那只青蛙一起掉下来了。"

"艾基尔先生、克莱因先生,谢谢你们!"

结衣也乖巧地鞠了一躬,让两名男子汉露出有些腼腆的微笑。

"不过要是能早点来到这儿,赶上战斗就更好了。"

"不不不,我可不擅长应付那种滑溜溜的Mob啊。"

艾基尔刚说完,克莱因就以不像是在开玩笑的表情接过了话头,于是我指着这位弯刀手盘腿坐着的代替缓冲垫,说:

"那是青蛙的遗体来着。"

"欸……哇啊啊啊啊!!"

克莱因发出一阵惨叫,竟然还直接以盘腿的姿势垂直跳了起来。看到这一幕,就连诗乃也忍不住笑出声来了。

19

之前与诗乃并肩作战的三个鼠人是"帕特尔族",据说是这个Unital Ring世界里的少数民族之一,仅有一百来人,族人们就住在这面边界墙内部的洞穴里。

听说诗乃在洞穴里遇到他们,从懂得人族语言(也就是日语)的长老那儿听听到了帕特尔族的历史:很久以前,帕特尔族也在基约尔平原北边建起了一座繁华的都市,然而一场可怕的天地异变在一夜之间将其摧毁,幸存的族人还被盘踞在平原上的巨型肉食恐龙一路追赶,最后只能躲进石壁的洞穴生活。

帕特尔族里有一个传说,说是只要翻越这面石壁,到达遥远的东边,就能找到一大片土地肥沃的森林。族里有一些年轻人希望搬到那里居住,但若想到达石壁东面,就必须先经过那只残暴的大青蛙所潜伏的圆顶。也曾有勇猛的战士数次向青蛙发起挑战,但最后他们都遇害了,因此包括长老在内的帕特尔族老人都放弃了翻越石壁的梦想。可是为了与我们会合,诗乃无论如何都得前往石壁东面,便决定与那三个勇敢的——以帕特尔族的标准而言——年轻鼠人一起去打倒那只青蛙。

那只大青蛙,即Goliath Rana比传闻中还要强大,唯一可以依靠的滑膛枪也没有什么效果,就连诗乃也考虑过撤退——就在那时,我们四个和阿黑冲了出来,这才好不容易把它打倒了……这些都是诗乃告诉我们的。

不管怎么说,今晚最大的任务兼最终目标"与诗乃会合"总算告捷,还顺便(这么说好像有点奇怪)与克莱因和艾基尔成功会师，接下来只要原路折返回小木屋就行了。想是这么想，等待我们的却是一段出乎意料的剧情——不仅是刚才参与Goliath Rana一战的三人，另外二十个帕特尔族人也想和我们一起走。

"……我说桐人，这该不会是什么任务吧？"

我们这么一大群人已经不能称之为小队了，莉兹贝特悄声向走在前头的我问道。

我稍微考虑了一会儿才摇了摇头，说：

"不……应该不是吧……我刚刚看了菜单里的任务页面，上面什么都没写……"

"看这个情形，你觉得他们到了大森林之后会立刻跟我们说再见吗？"

"……嗯。"

"更重要的是，你觉得可以让所有人平安无事地走到森林吗？"

"……嗯。"

"你这声'嗯'到底是在表示肯定还是否定？"

"都有。"

莉兹贝特长长地叹了一口气，又向走在身边的莉法说：

"我说莉法，你哥哥没问题吗？"

"啊哈哈……哥哥偶尔会退化成幼儿状态……"

虽然被妹妹说得很过分，但现在我也不想浪费时间去辩驳了。从二十个帕特尔族人说想和我们同行的那一刻开始，我就一直在专注地思考怎样才能将所有人安顿下来。

对于莉兹的问题，我不能回答"Yes"或"No"，但我也不觉得这些帕特尔族人能在小木屋所在的森林——他们称之为"杰鲁埃特里奥大森林"——里存活下去。森林里确实有丰沛的饮水和食物，但也有不少怪物，尤其是比Goliath Rana还厉害的"棘针洞穴熊"，万一不小心碰上了它，这二十人说不定会全军覆没。

我还没有验证过这个世界的NPC死后会怎样，说不定过一会儿就会自动复活，但就算真是这样也不能见死不救。那三个鼠人只拿着一把干草叉也那么拼命，如果没有他们，我们很可能无法打倒Goliath Rana，也无法像这样和诗乃会合。

不过一码归一码，让二十个帕特尔族人都住进小木屋也不是一件易事。光看面积或许勉强可以容下他们，但我们这边的人数也变多了，这样就会密集到没有横躺的空间。该怎么做才好呢……我满心烦恼地往后一瞥，就看到结衣正与诗乃并肩走着。

这次重逢似乎让结衣无比开心，只见她紧紧握住诗乃的左手，满脸笑意地聊着什么。或许是因为今天看到她作为剑士有了显著的成长吧，虽然是不可能发生的事，但我总觉得她好像长高了一些。她本人说过想当法师，但我认为比起"才智"，还是"刚力"或者"机敏"这些能力更有用一些。再者，游戏都开始一天半了，我们还是不知道该如何习得魔法技能。

刚思考到这里，我又突然想起某件事，急急忙忙地打开了环形菜单。

移动到道具栏页面，把里面的东西按照获得顺序进行排序之后，最上方出现了一个陌生的道具名称——"火之魔晶石"。

一点击这个看着就让人激动的名称，一个属性窗口就弹了出来。道具名和耐久值下方还有一段简短的说明文字："凝结火之魔力生成的结晶石。可以习得火系魔法技能。若玩家已习得技能，则可小幅提升技能熟练度。"

——来了！

我差点就想大叫出声，不过为了避免吓到那些神经质的帕特尔族人，最后还是忍了下来。毕竟走在我前面的阿黑就已经够让他们担惊受怕的了。

至于这个火之魔晶石是什么时候进入道具栏的，答案也非常明显——从Goliath Rana的遗体上浮起的红色光芒……在我抓住那簇光的瞬间，它应该就被直接收进道具栏了。

当初"棘针洞穴熊"的遗体没有发光，Goliath Rana的却发光了，其原因就在于那只青蛙使用了魔法。也就是说，要想在这个世界里习得魔法技能，就必须先击倒使用该种属性魔法的怪物。不过现在还不清楚究竟是击倒小怪也可以，还是必须击倒强度接近头目级的怪物才能获得魔晶石。

我再次点击开启的属性窗口，随着一阵"叮铃铃"声打开的Tips窗口上写着："使用这个道具时，必须将其实体化，放入口中嚼碎。"

"……"

这种使用方法还真是粗野，不过想到这东西是从怪物体内出现的，倒也不是不能理解。我关闭Tips窗口，按下属性窗口下方的实体化按钮。

实体化后的魔晶石并不是之前我抓住的那簇无实体的光，而是一颗直径约一点五厘米的透明宝石，呈鲜艳的深红色，中心位置则封存着一团小小的火焰。只要把这东西当糖果一样咬碎，应该就能习得火系魔法技能了。不过我当然没有将它放进自己口中，而是转身递给了结衣。

"结衣，这个给你。"

"……咦？这是什么？"

结衣歪着脑袋接过魔晶石，目不转睛地盯了好一会儿之后才露出笑容说：

"哇啊,好漂亮呀!这是送给我的吗?"

"嗯。"

"谢谢爸爸!我会好好珍惜的!"

"不,我不是这个意思……你试着吃下去看看?"

"……什么?"

不仅是结衣,诗乃、莉兹贝特和莉法都表现得相当讶异。这时我应该从头解释清楚的,但还是输给了把魔法技能当作一个意外的礼物,给她们一点惊喜的愿望,于是我跳过说明催促道:

"吃下去就明白了,你咬一口试试。"

"……"

结衣露出与亚丝娜对我的言行表示怀疑时一模一样的表情,不过还是把宝石塞进了嘴里,鼓起双颊让它在里面滚了一会儿才用含糊的声音说:

"爸爸,什么味道都没有。"

"我说桐人,这真的没问题吗?"

诗乃瞪着我说。我向她保证"没问题没问题",又把目光转回结衣身上,说:

"结衣,不是舔,要咬碎它。"

"……好,好的。"

结衣坚决地点了点头,然后用右边的牙齿夹住魔晶石,闭上眼睛用力一咬。我想象中的"嘎嗞"声并没有响起,取而代之的是一道清脆悦耳的"叮铃"声——

突然,一团深红色的火焰从结衣口中喷出。

"呼哇啊啊啊啊!"

她随即发出尖叫声,我也有她一半那么吃惊,不过她的HP并没有减少。"着火了,着火了!"莉兹贝特大叫出声,想给结衣喂水，不过这时火焰已经消失了。

"哥哥！你这个玩笑开得太过分了！"

莉法挥起拳头，我赶紧连连摇头说：

"不，不是玩笑啊！结衣，有没有习得信息出现?!"

"呼啊啊……啊，出现了……信息说，习得火系魔法技能……咦咦?!"

结衣瞪圆了双眼，以快到眼睛都跟不上的速度打开环形菜单，进入技能页面，然后点击已习得技能一览表的最上方，看了一眼随之弹出的窗口——

"哇，我好像能使用一种叫'火焰箭'的魔法了！"

她欢腾地喊道，诗乃等人都哑口无言地看着她。我带着满意的微笑对爱女说：

"赶紧试一下吧。"

"好的！这个世界的魔法好像与ALO不一样，得通过手势来发动。我看看……"

结衣从窗口上抬起头来，将两只小手放在胸前。

"首先是这个，这是火系魔法的基本手势。"

她把左手握成拳头，然后将五指并拢、笔直向前伸出的右手搭在斜上方，便立刻有一层淡红色的灵气裹住了她的双手。

"然后通过下一个手势指定要发动的魔法。"

接着她张开左掌并向前伸出，右手则移至肩膀上，做出拉弓的动作，两手间随即出现了一条微微发出红光的线。她迅速看了一下四周，然后将左手对准了一块位于前方二十米左右的岩石。

"这就是发动的手势。三个手势的动作和节奏越正确，魔法的威力和命中率就会越高。"

结衣同时握紧两只摊开的手掌，左手前方便出现了一个小小的魔法阵，红线则化作一支火焰箭，"咻！"的一声划出小山般的轨道飞驰而去，精准地射中了岩石，引发了一场小型爆炸。我们一边发出"噢噢噢"的赞叹声一边鼓掌，本来还担心那些帕特尔族人会被吓到，但看来他们也不至于那么胆小，还在那里高声议论着。

与ALO那些大师级的法师所使用的高级魔法相比，这一招的威力实在微不足道，但它毕竟是我在这个世界里见到的第一种魔法——除Goliath Rana的火球以外——还是给我增添了不少勇气，而且提升熟练度的方法似乎不仅限于反复使用，摄取魔晶石也有同样的效果，感觉会比武器技能有趣不少。我也打算改天学个魔法，不过目前还是应该先辅助结衣成长。

"结衣，刚才那一招消耗了你多少MP？"

"我看看，我的MP最高值是157，下降了15点，差不多一成。"

"嗯嗯……自动恢复的速度如何？"

"现在'集中'能力等级为1，每恢复1点MP需要花费六点二秒。估计要九十三秒才能恢复发射一支'火焰箭'所耗费的MP，所以不能连发……"

结衣说着说着就垂下了眼睑，我打着圈揉揉她的脑袋，说：

"你没必要沮丧，大部分游戏的自动恢复速度都是这样的。或许我们很快就能拿到或者能用素材来调配恢复MP的药水了。"

"如果真是这样就好了……"

"我会想办法解决这些问题，结衣就不用担心了。每次等MP恢复满格了，你就用一下刚才的魔法，提升技能熟练度吧。"

"是！我会努力的！"

看到结衣终于恢复了笑容，莉法也很有干劲地说道：

"好，我也要尽快习得风系魔法技能！桐人，要是拿到风系魔法的石头，记得交给我哦！"

"好好好。吃了风系石头之后，嘴里会喷出什么呢……"

我就是纯粹好奇，莉法却狠狠地朝我毫无防备的左侧腹捅了一下，让我夸张地痛呼了一声。与艾基尔一起守着大部队队尾的克莱因随即从后方抛来了一句牢骚：

"唉，就算到了UR，也还是这副德行吗……"

与来时相比，回到基约尔平原东部的路程简直平静得不可思议。或许是因为知道路该怎么走，自己充满欢笑的家园就在前方等着而放下心来了吧，我甚至有闲情去欣赏风景了。

鬣狗和蝙蝠依然会时不时地发起袭击，不过我们的战斗力也增强了很多，都能十拿九稳地将它们击退，那场恐怖的冰风暴也没有再次来袭。至于最大的担忧——饮水和食物，解剖Goliath Rana后得到的大量青蛙肉、从洞穴里打来的大量地下活水也够用了，不过青蛙烤肉似乎没能引起女孩子们的食欲。

很幸运，洞穴里不仅有饮水和食物，还能采集到相当多的铁矿石和铜矿石。女孩子们不是很想把青蛙肉放进道具栏，所以就由她们和背着登山包的帕特尔族人负责装矿石，等回到我们的据点把这些矿石熔化之后，应该就能凑足目前所需的锭子了吧。

晚上10点半左右，我们终于再次成功横穿基约尔平原，抵达"杰鲁埃特里奥大森林"的入口。这之后只要在里面走上一段路，渡过一条小河就能回到小木屋了。

看到前方高大的树林时，二十名帕特尔族人立刻又蹦又跳地相互拥抱，当中还有人喜极而泣。对于他们来说，"杰鲁埃特里奥大森林"是祖祖辈辈流传下来的"约定之地"，会欣喜若狂也是理所当然的，然而，这片森林绝对不是一个安全舒适的理想乡。

一行人中只有诗乃习得了帕特尔语技能,我让她转告对方"现在还不是松一口气的时候"之后便进入了森林。我们一边击倒种类与之前大相径庭的怪物,一边向东前行,过了一会儿,终于能在前方隐约看到摇曳的波光了。

"啊,是那条河!我们离家不远了!"

莉法发出欢呼,兴冲冲地跑了出去。

"别跑!河里也有怪物……"

我这么喊着,正打算带着阿黑一起追上去,莉法却突然停下脚步,于是我也赶紧停了下来。

"喂,怎么了……"

"哥哥,你看那个!"

我顺着莉法所指的方向抬头望去,顿时感到心脏都缩紧了。

小河对岸那片树林背后的夜空正烧得一片通红。出于条件反射,我连忙打开地图确认位置。我们的小木屋就位于那个方位。我竖起耳朵,可以听到火焰爆燃的声响中还夹着些许金属碰撞的声音。阿黑嗅到夜风中的烧焦味,也发出了"呼噜噜"的低吼声。

"亚丝娜……西莉卡……爱丽丝!"

我喊着应该留守在家的三个人的名字,开始拼命奔跑。莉法和莉兹贝特也立刻跟在我身后。

我们穿过铺着大大小小各种石头的河滩,从水位较浅的地方渡河。河岸东边有一处呈直线形的裸露地面,那是艾恩葛朗特的一部分坠落到这里时留下的痕迹,小木屋就离那儿不远。

来到这里,在树林深处熊熊燃烧的大火已是清晰可见。金属音——剑戟的碰撞声也清楚地传了过来。怎么看都像是有人——恐怕是和昨晚莫克里他们一样的PKer团体——发起了袭击。

虽然很想立刻冲过去,但我得先想办法安置那二十个帕特尔族人。他们的防具都是粗糙的布衣，武器也净是干草叉、割草镰刀这种半是武器半是道具的东西，从Goliath Rana一战中也能看出他们的综合能力也就只有2或3级的水平。若是将他们卷入这种刀光剑影的混战当中，肯定会出现伤亡的。

"诗乃，告诉帕特尔族人，让他们在这附近找个地方躲起来！"

诗乃点了点头，转达了我的话。然而这些帕特尔族人仅仅讨论了两秒，就一起摇了摇头。即使很难从圆溜溜的黑眼睛中读出他们的想法，也能从那一声声"ㄨㄚㄨㄚ！"的呐喊中感受到他们的愤慨。

"……他们说，'俺们也要一起战斗'。"

听到诗乃的翻译，我不由得反问了一句"俺？"之后又转念一想，事后再问清楚就好了。虽然心里还有些不安，但现在也没有时间费尽口舌让他们改变主意了。

"好吧，那就和他们说，二十人都要牢牢靠在一起，不能分散。"

随后诗乃再次点头并翻译了我的话，我则看向莉法、莉兹贝特、克莱因、艾基尔，还有结衣说：

"虽然还不清楚袭击者的真实身份和队伍规模，可是如果慢腾腾地侦查，亚丝娜她们就会有危险。只能硬闯进去给他们当头一棒，然后随机应变地战斗了。"

"这种听天由命的事就交给我吧！"

克莱因拍了拍自己的皮革护胸说。你继承的技能不是"追踪"吗……要是我此时指出这一点，那就真的是不识趣了。

我们迅速对彼此点了一下头，同时开始奔跑。

一行人全速冲过从河滩往东北方向延伸的裸露地面后，很快就看到了烧得正旺的火焰。幸好烧着的不是小木屋，而是围着圆形院子的一排老环松树。在出发前往基约尔平原之前搭建的那圈三米高的石墙和木门也还在。

石墙上有一簇银光在不规则地闪烁着，那是剑戟的光辉——亚丝娜她们正在厚度只有三十厘米的墙壁上与袭击者短兵相接。在那些燃烧的树下，有十个……不，二十个貌似玩家的人影正陆续冲到石墙边开始攀爬……他们放火点燃那些环松，估计是用来代替照明的吧。

锵！随着一道刺耳的金属声，一名袭击者从石墙摔落到了地面上。亚丝娜那一头栗色长发正随风飘扬，她迅速转身，将细剑刺向另一个爬上石墙的袭击者。不远处的爱丽丝和西莉卡也在奋勇抗敌，看样子她们只专注于将敌人击落到石墙外。

亚丝娜一行人的目的很明显，就是尽量拖延时间——她们坚信我们会带着诗乃一起回来救援。在那之前，她们无论如何都要守住墙壁，不让敌人入侵。

看环松燃烧的状况，战斗应该已经开始三十分钟有余了。袭击者们可以在地面上稍作休息，亚丝娜她们却一直在狭窄的墙上战斗，且不说HP，精神方面肯定也疲惫到了极限才对。我一边拼命奔跑，一边想着这些，就看到又一个敌人从后方朝亚丝娜逼近——西莉卡和爱丽丝都忙于应付眼前的对手，没有发现这个状况。包围着树木的火焰不断发出轰鸣，就算我从这里大喊也无法传到她们那边。

尽管如此，我还是用力吸了一大口空气，准备大声提醒亚丝娜。

然而就在我出声的前一刻，身后响起了一道枪声。

那个打算偷偷靠近亚丝娜的敌人像是被什么东西弹开了，身体往后一仰，后退几步之后就掉进了石墙内侧——原来是诗乃用滑膛枪狙击了他。她的身手依旧那么好，可是那人摔到院子里去了，说不定会从里面放下门闩。

"嘎啊——"这一声凶猛的吼叫彻底抹消了我的担忧。那是阿鼹的声音。掉进石墙内侧的敌人似乎都被亚丝娜的宠物"长嘴大鼹蜥"解决了。

或许是因为环松燃烧的爆裂声太大,上面没有人能听到滑膛枪的枪声。我朝诗乃挥了挥手,示意她停下来并尽快填充子弹,自己则继续加速跑过去。

来到离敌方团队还有十米的位置时,我喊道:

"阿黑,保护结衣!"

"嗷呜!"

听到很是可靠的吼声之后,我把右手的长剑架到了肩膀上。

在昨天那一战里,我的武器只有一把石刀,防具也只有一条短裤,所以打得非常辛苦。不过今天不一样了——长剑微微震动,发出黄绿色的光辉。在感到剑技马上就要发动的瞬间,我全力踩踏地面,使出了一招"音速冲击"。

这时,其中一名袭击者终于发现了我们。

"喂,后……"

然而零点一秒后,我的长剑便深深地砍进了那个男人的左肩。这些袭击者应该是以强袭部队的形式集结起来的,所有人的脑袋上方都显示着红色的血条。

我攻击的那个男人穿着皮革制的防具,武器则是铁制的单手斧。虽然不知道他的武器是从ALO继承过来的还是在这个世界里弄到的,不过他应该和昨晚莫克里那群人一样,等级绝对不低。

或许是因为5级的"刚力"和1级的"碎骨"发挥了效果,我一击就削去了对方八成以上的HP。他摔下地面,全身因反作用力而微微弹起时,后方射来的一道橘红色火线贯穿了他的左胸——不是诗乃的枪击,而是结衣的"火焰箭"——他所剩无几的HP立刻被一扫而光，再次整个人瘫倒在地上。环状光标随即一边高速旋转一边变大，原本是血条的位置则刻上了一串数字："0001:01:41:26"。

一天零一小时四十一分二十六秒，这就是这个男人在Unital Ring世界存活的时间。

那些转动的数字消失的同时，充当光标中心轴的尖锐纺锤朝正下方射出，贯穿了男人的身体。失去灵魂的虚拟形象连同装备一起变成无数光环，又迅速分散成几段很薄的飘带，升上夜空。

这个现象仿佛成了一个导火索——

"敌人来袭！敌人来袭——！"

"是从后面来的！包抄起来灭了他们！"

附近一个手持盾牌的玩家和另一个看似是领队的长枪手接连喊道。

我没有想到我们会被叫做"敌人"，不过现在也不是跟对方辩驳的时候了。袭击者们拿着剑或枪，从圆弧形的石墙两边往这儿靠拢。当中有一半人拿的是铁制武器，其余的都拿着石制武器。如果能自己冶铁，他们应该会等做好所有人的武器之后再发起进攻才对。可以猜测对方与莫克里等人一样，要不是继承来的武器不受重量限制，就是从什么地方买到、捡到或抢到了那些武器。

如果真是这样，他们又是从哪里得到小木屋的情报的？看样子也不是像莫克里等人那样在沿着河流北上的途中偶然发现了这个地方。虽然没有确凿的证据，但我总觉得这群人事前就知道我们在这里建立了据点，是做好尽可能周全的准备才发起进攻的。难道是昨晚全军覆没的莫克里及其同伴为了泄愤而走漏了消息？但他们看上去也不会做这种没有一分钱回报的事……

在这段被压缩的时间里，莫克里那轻佻的嗓音在我耳边响起：

"这是老师教的啊。他告诉我，不要只看对手的一部分，要从整体上把握情况，那样就知道对方有什么目的，讨厌些什么了。"

在一对一的战斗中将我逼入窘境时，莫克里确实说过这么一番话。老师……也就是把对人战的心得教给莫克里他们的人还在UR世界里活着。如果这场袭击也是那个什么老师在幕后操纵的，那就必须做好这二十多个敌人都具备一定PvP经验的心理准备了。

问题是这位老师的教学是否仅限于一对一的对战，而没有涉及团体战……不，这里应该往有涉及的方向思考才对。

我在不到一秒的时间里想到这些，然后对同伴们作出指示：

"跑到森林里去！别让他们合力攻击！"

然而艾基尔立刻大声回应道：

"不行！森林里连地上都是一片火海了！"

"……什么?!"

我倒吸一口凉气，迅速看了看左右两边，灼烧着环松的火焰已经蔓延到树下的草皮那里了。要是冲进那种地方，肯定眨眼间就会被烧死。

此时我终于明白，袭击者们焚烧小木屋周围的森林并不是为了照明，而是想阻止我们打游击战。从两边蜂拥而至的敌方队伍仿佛印证了我这个推测，冲在最前方的是两个手持大盾牌的坦克，左右两边各有一个持剑与持斧的攻击者，后方还有拿着长柄武器的Debuff赋予者，真是教科书般的标准队形。队伍里似乎没有魔法师，算是不幸中的大幸，但是现状并不会因此有所好转。

亚丝娜她们依然在石墙上奋战，我抬头向她望去，她也瞬间朝我投来了目光，我们相撞的视线仿佛迸发出了火花。

她似乎也没有能够一击扭转局势的绝招，不过我可以强烈地感受到她要死守我们那栋小木屋的决心。留守的三人一直相信我们会赶来支援，不断击落爬上石墙的敌人，我绝不能辜负她们这份顽强。

我们有莉兹贝特打造的高品质铁制武器，结衣也习得了火系魔法，还有二十名帕特尔族人和诗乃的搭档黑卡蒂Ⅱ，这些都是我们的优势，而其中只有黑卡蒂Ⅱ有能力扭转双方人数悬殊的局势，但诗乃说过专用的子弹只剩下六颗了，不过如果能击中要害，就连恐龙也能一击毙命——她好像真的击倒过巨型恐龙。然而若想击退二十多名攻击者，六颗子弹恐怕远远不够，也不能把在UR世界也属于最高级别的火力都耗费在这种地方。

"喂，桐字头的老大，怎么办啊？"

站在我旁边的克莱因架着细长的弯刀问道，声音听上去有些急躁不安。

"如果你打算孤注一掷冲进去，我就跟着去！"

"不用现在就自暴自弃，一定还有什么扭转局势的方法！"

"话是这么说啦，但人家守得那么严实，也没法靠正面攻击打散他们啊！"

正如克莱因所说，敌方队伍没有一丝慌乱，让手持盾牌的人占据中心位置，正一点一点地缩短距离。如果我们一时心急发动了剑技，对方肯定会让坦克稳稳地挡下，然后发起反攻，一口气决出胜负。这明显是事先得知我们队里攻击者较多才会选择的进攻方法。

我们应该撤到河滩那边吗？不，那样袭击者们就会继续攻击小木屋了。也许是感受到了来自敌方的压力，在后方保护结衣的阿黑也"咕噜噜"地低吼着，而在更后方聚成一团的帕特尔族人们也发出了很是不安的声音。

如果我是一个极端无情的领队，或许会制定让他们冲进敌方队伍里制造混乱，我们再趁机解决坦克的策略——当然了，我也做不出这种事来,毕竟他们好不容易才击败了Goliath Rana这个多年的仇敌,千里迢迢来到"杰鲁埃特里奥大森林"这个约定之地。虽说这片区域里也栖息着恐怖的怪物,但如果把他们牵扯进玩家之间的纷争,甚至因此出现伤亡,我也会过意不去……

"……啊。"

我不禁轻呼一声。

虽然不好说这算不算是一个优势,不过这座森林里确实还有一个巨大的不确定因素。要是能把它引过来,袭击者们估计也没法这么镇定了。

"克莱因,艾基尔。"

我小声对分别位于我左右两边的两人作出了指示。

"把你们手头上的所有青蛙肉都就近扔进火里吧。"

不等他们做出回应,我就迅速打开环形菜单,将道具栏里那一大堆Goliath Rana的肉实体化,然后抓住陆续在窗口上化为实体的鲜红色肉块,用力地将它们扔到左边那团熊熊燃烧的火焰里。

反应只比我慢了一些的克莱因和艾基尔也开始了同样的操作。多亏有长久的交情,他们并没有追问我为什么会在这种穷途末路的状况下做出如此莫名其妙的行为。不过若是这个作战失败了,他们对我的信任也会一落千丈吧。

"……那些家伙在做什么啊?都这样了还在扔垃圾?"

其中一个敌人这样问道,另一个玩家回答了他:

"在烤肉呢。该不会是想请我们吃肉,好让我们上钩吧?"

"他们该不会以为我们是NPC吧……"

在他们对话之间,Goliath Rana的肉块很快就在火中烤熟了,开始飘散出香喷喷的气味。虽然粉色的部分显得太鲜艳了一些,但青蛙肉是相当高级的食材,用火一烤就产生了一种胡椒混迷迭香般的强烈香气。

当然了，袭击者们不会仅凭这个就失去战意。那个担任领队的长枪手在后方冷静地说：

"……在他们再出怪招之前解决掉。执行计划二！"

接到这个指示后，一群人异口同声地喊了一声"好！"

不过我们没能看到那个计划二究竟是怎样的作战，因为森林深处传来了巨型石磨在滚动般的声响。

"咕噜噜噜……"

——来了。

地面传来轻微震动，一阵新的战栗让我背脊发冷。这些青蛙肉成功地引来了那个"不确定因素"，但这是一把双刃剑。

敌方队伍分为两队，左侧那一支明显出现了动摇。

"喂，后面好像有什么……"

"咕噜噜噜噜噜……"

雷鸣般的咆哮震天动地，一棵燃烧的环松被拦腰撞倒——从火海中飞奔而来的是一只巨大的四脚兽，即使前脚着地，它的脑袋与地面也有两米以上的距离。那就是昨晚让我们跌入恐惧深渊的森林统治者——棘针洞穴熊。或许是青蛙肉的香味刺激到饥肠辘辘的它了，那粗壮的牙齿间流着口水，红眼则发出了饥渴的凶光。

"哇啊啊啊！"

敌方的攻击者发出惨叫声，没头没脑地挥出铁剑。然而洞穴熊没有丝毫怯意，以与巨大身躯不符的迅猛动作一路前冲，轻而易举地用右前掌击飞了他。

"哇啊！"

那人像一块破布似的被轰飞，猛地撞到小木屋的石墙上，发出令人不悦的声音，还反弹了三米左右才掉到地上。光标的轴芯

随即射出，让虚拟形象被分解成交错的飘带，融入夜空之中。

即使称不上重武装，那个玩家也穿戴着像模像样的防具，真没想到他会被一击毙命——看来棘针洞穴熊的实力比我想象的要强。估计它怎样也不会用魔法，但如果只看物理攻击力，它肯定在Goliath Rana之上。

昨天晚上我们能用"从屋顶扔圆木作战"击倒它，真是一个彻头彻尾的奇迹……我重新认识到这一点，与克莱因和艾基尔一起慢慢后退。

本以为袭击者们看到同伴被瞬间击倒就会陷入恐慌、四处逃窜，但事情没有按照我预想的发展。长枪手最先从这阵冲击中恢复了过来，还举起一把明显是继承来的、设计精良的带钩长枪，用粗犷的嗓音大喝道：

"别慌！A队、B队会合，组成对头目队形！"

这名长枪手的头发呈暗红色，皮肤则是红铜色，在ALO里肯定是火精灵族的。我对他的脸没什么印象，估计是尤金将军麾下专用于种族战争的枪兵部队的一员吧。

如果真是这样，那个能使唤这种核心玩家的"老师"究竟是什么人？

我再次陷入疑惑，而原本兵分两路的袭击者们已经迅速在前方会合，组成一支庞大的突击部队了。这次坦克、攻击者、Debuff赋予者的排列方式也如教科书般精准，就连原本在石墙上与亚丝娜等人对打的三人也跳了下来，加入阵形。

"咕噜噜噜噜!!"

棘针洞穴熊再次发出咆哮，用钩爪抓挠了几下地面之后就发起了猛冲。就是这一招几乎撞毁了小木屋的墙壁——

铿锵的冲击声撼动了空气。只见四名坦克排成一列，将盾牌并在一起，勉强挡住了洞穴熊猛烈的冲撞，我也发出了"哦哦……"的惊叹声。

不过我也不能只顾着佩服，得趁着混乱做出最恰当的行动。

"我说桐人，该怎么办啊！"

莉兹贝特拉扯着我的左手臂，我也拼命地动着脑筋。此时敌方队伍的侧面就暴露在我们眼前，我想发起进攻，可要是随意靠近，害得自己人也被洞穴熊盯上，那就得不偿失了。

虽然有些不得劲，但接下来我们只要看着棘针洞穴熊和袭击者对战就可以了。如果洞穴熊能赢那自然是再好不过，就算它输了，敌方玩家也会受到重大打击，到时我们就围上去将他们一举歼灭……

就在我打算说出这个合理但有些残酷的方法时——

"桐人哥！"

听到右侧传来声音，我也往那边看去，发现原本应该待在石墙上的西莉卡已经在不知不觉间站到艾基尔身后了。我本想感激她长时间奋战的辛劳，她却轻轻抬起右手制止了我，说：

"桐人哥，那头巨熊就是你之前说想我帮忙驯服的棘针洞穴熊了吧？"

"啊……嗯嗯，没错。不过那是我的愿景……"

"就算是这样，我现在也不能对将来还要收为宠物的孩子见死不救。"

西莉卡神情严肃地这么说道，她头上的小龙毕娜也短促地"啾"了一声。

——不管那头熊是输是赢，将来你要驯服的都是刷新后的另一头洞穴熊啊。

我把这句话咽了下去。西莉卡从SAO时期开始就一直是一名驯兽师，这对她来说不是一个能用道理解释的问题。如果我们现在把棘针洞穴熊当作弃子，那就算日后她成功驯服了另一头熊，也无法真正与它互通心意……这种感觉我可以理解，也想尊重她的意思。

在西莉卡率直的目光中，我朝并肩站在远处石墙上的亚丝娜和爱丽丝看去，两人分别手持细剑和长剑，长发正随风飘动。她们同时对我点了点头，似乎是在支持我的决定。

"……好吧，那前面就交给那头熊，我们从后面发起攻击。"

我转回来对西莉卡这么说道，她点头回了一句"好！"克莱因也拍拍我的后背说："就得这么干！"

棘针洞穴熊和袭击者们正在前方展开激战，它主要的攻击手段是双掌扫击与身体冲撞，那四个拿盾牌的人拼命地挡着，剑士从左右两边，长枪手则从后方对它发起了攻击。他们的动作非常协调，完全看不出是临时组织的突击部队。而我还没有碰到那头熊，也不知道它的HP被削掉了多少。如果我们加入战斗的时机不对，就有可能对上精力十足且愤怒值冲顶的棘针洞穴熊，不过也只能到时再说了。

我以眼神与同伴们交流，慢慢举起右手里的长剑。在熊发起不知是第几次冲撞的瞬间，我用力地挥下长剑，与艾基尔、克莱因排成一列冲了过去，目标正是站在敌阵后方中央负责指挥的长枪手。首先是艾基尔发动双手斧的范围攻击技能"旋风破"，扫倒了两个守着领队的人。

"啊……"

"他们来了！"

倒地的两人同时大喊一声，让后方所有人的视线都集中到了我们身上。他们的反应速度果然不一般，立刻就有另外两名袭击者准备袭向仍处于技后僵直状态的艾基尔了。

"休想得逞!"

克莱因发动了单手弯刀的基本技能"掠夺者",我也发动"垂直斩"冲了进去。完全同步的斩击放倒了两个敌人。

这样一来就有四个敌人陷入跌倒状态了,可是继艾基尔之后,我和克莱因也陷入了僵直。敌方领队随即用力挥出斩矛(**注:中世纪欧洲的长柄步兵武器**),喊道:

"居然趁这个时候攻过来,桐人你也太会耍阴招了吧!"

——为什么每个人都知道我的名字啊?!

我在心里咒骂了一句,瞪向斩矛那泛着青蓝色光芒的锐利刀刃。他发动的是双手用长枪的范围攻击技"漩涡破",虽然威力比不上"旋风破",但附带了眩晕的Debuff效果。

到了这一刻,我才终于看清敌方领队的血条上显示着"Schulz"这个名字,是念作修兹吗?虽然没什么印象,不过这个名字或许会和莫克里一样让我难忘。

就在我们三人被那招"漩涡破"掀倒的前一刻——

后方响起两种爆裂声,两条火线分别直接击中了修兹的胸口和右肩——是结衣的魔法和诗乃的子弹。修兹不仅没能发动技能,整个人也往后一仰。紧接着莉兹贝特和西莉卡也冲了过来,用战锤和短刀的普通技能加以追击,使他瘫倒在地。

这时我的僵直状态也解除了,我最大限度地让身体前倾,同时举起长剑。

如果能让三连击"锐爪"全部命中,修兹的HP估计也会被清零。不过就算成功发动了技能,斩击也打不着倒在地面上的敌人。这时就得把身体尽量压低再发动剑技,但若是压得太低又会被系统判定为姿势不正确,从而发动失败。

我两脚的脚趾尖就像掘进地面似的用力撑住身体，以允许范围内的最低高度摆好姿势，铁制的长剑随即发出高频周波，放出红光。

在蹬地的瞬间，我正好与修兹四目相对。

他眼里有震惊、不甘，还有另外一种不知该怎么形容的情绪……是怀疑吗？是在怀疑什么呢？

事已至此，我突然很想问问他：到底是从谁嘴里打听到小木屋的位置的？是怎么组织起这么庞大的队伍的？为什么不分青红皂白就发起攻击？然而为时已晚，已经发动的剑技也停不下来了。

在系统的辅助和提速下，我瞬间跃过了五米距离。修兹没有勉强自己站起来，而是保持仰躺的姿势，用双手举起斩矛试图格挡，然而他把我斩击的位置预估得太高了。这一招"锐爪"几乎是贴着地面释放出去的，第一击就从斩矛的长柄下方钻过，直接陷入修兹的脖子。

反弹回来的长剑无视了惯性，继续发出第二击和第三击，在半空中划出深红色的爪痕，与血红色的伤害特效交织在一起。修兹的血条迅速缩减，没两下就归零了。

"桐人……你真的是……"

修兹发出这句低语后便被血条射出的纺锤贯穿了身体，继而分解成无数光环。

——我真的是什么啊？

我很想这么大喊一句，不过想到这句话实在不适合送给奋战到最后并永远离开了这个世界的人，就强行忍住了，而且战斗也还没有结束。

于是我起身环顾周围的敌对玩家，大声说：

"你们的领队已经被打倒了！现在要逃走的话我们也不会穷追

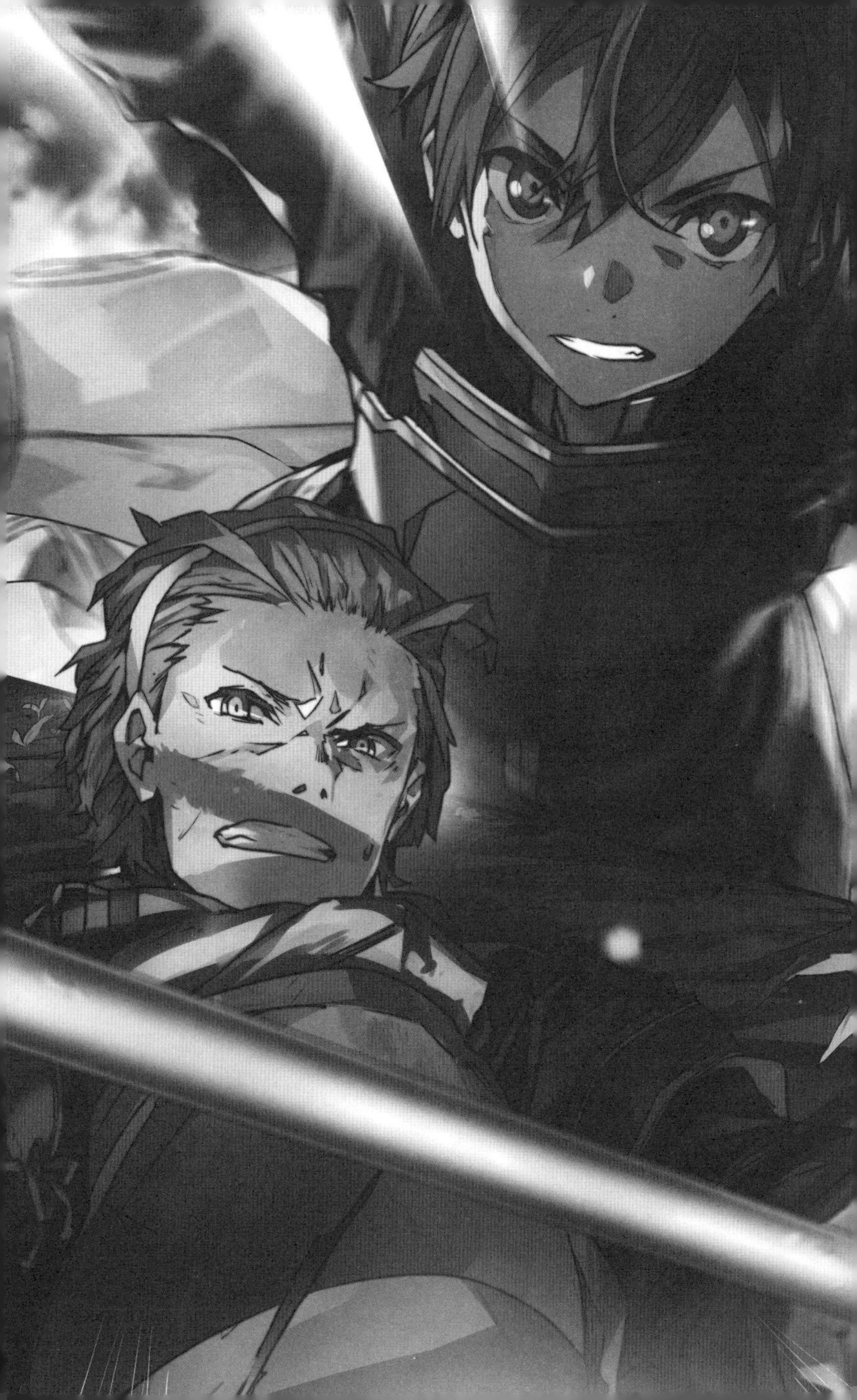

猛打!"

在Under World的卢利特村附近的洞穴里与哥林布们对战时,对方失去领队之后就一溜烟地跑光了。然而一个离我较近的玩家瞬间露出讶异的神情,但很快就喊了回来:

"啰唆!都到这地步了,谁会逃走啊!"

那人说完便挥起短矛冲了过来,我也急忙转入防守。转念一想,他会这么说也很正常,所以我使出全力将他推回去,再用一招"垂直斩"打飞了他。

从这一刻开始,战斗就变成了一场没有任何管制与协调的大混战。

一半敌人正与棘针洞穴熊对峙,我们便一边留意不去靠近那边,一边接连砍倒另一半敌人。诗乃的滑膛枪和结衣的火系魔法给我们增添了底气,若是敌阵中有人企图放出大招来扭转局势,她们也可以精准地将其击倒,我们只要集中精力对付眼前的敌人就可以了。对方当然也不傻,也有人想先解决她们,不过阿黑和帕特尔族人都很靠谱地阻止了他们。

亚丝娜和爱丽丝看到没有人想继续攻打小木屋,便从石墙上跳了下来,像是要发泄对这场冗长防御战的不满似的一通乱打,不到五分钟就让敌方的八名后卫从战场上消失了。战况也就此尘埃落定。

我呼出一口气,打算感谢亚丝娜和爱丽丝的奋战。

"辛苦你们了。我们回来晚了真的很抱……"

"咕噜噜噜噜噜!"

突然,一阵比以往音量更大且更为凶狠的咆哮打断了我的话。

往左边一看,棘针洞穴熊在敌方仅剩的八名玩家眼前大大地张开了两只前掌。昨天我也见过这个动作,接下来它要发起的攻击是……

"糟糕……大家快趴下!!"

喊完我便立刻趴倒在地,不到半秒,同伴们也跟着趴下了。

下一秒,熊胸前那个闪电状的纹样就发出了白光。

无数细针随即呈放射状射出,吞噬了八名敌人。

昨晚就连穿着继承来的骑士铠甲的爱丽丝都因此损失了一半HP,但我也没能看到这个恐怖的范围攻击技能最后成效如何——无数流弹……不,是流针从脑袋边上掠过,让我急忙把脸埋进地里。

周围的土地、树木和岩石不断传出被金属细针扎中的声音,由于伏在地上也能确认小队成员的HP,我便一边祈祷不要有人死去,一边等待攻击结束。

左后方突然传来一声吃痛的惨叫,克莱因的血条立即少了一大段。紧接着是艾基尔受了伤,我的左肩也被细针击穿。既然紧贴着地面都会被细针射中,那要想完美回避就只能钻进地底或者飞上半空了。这实力也太犯规了吧……虽然很想这么说,不过想想当时只有1级的我们掉落到离初始地点足有二十五公里远的地方也是一个问题。就在我拼命在心里念叨"我知道错了,给我一个提升等级的机会吧!"的时候——

最后一根细针刺中离我鼻尖只有几厘米的地方时,针雨终于停了。

我战战兢兢地抬起头来,只见棘针洞穴熊已经把前掌放到地上,也停下了动作,而它面前的八名敌方玩家都僵在了原地——四名坦克依然举着盾牌,保护身后的四名攻击者。虽说是敌对关系,但他们居然能在那种极近距离下扛住细针攻击,这种判断力和防御力还是值得赞赏……

显示在他们头上的环形光标朝正下方射出了锐利的纺锤,八个虚拟形象同时分解,化作无数飘带,融入夜空之中。

飘带消失之后,几个黑色的遗物袋子陆续掉下,堆在了一起。可是现在也没有闲情去关心那些东西了。我依然趴在地上,说了一声"不是吧……"

棘针洞穴熊发出短促的吼声,两眼放着红光,直勾勾地瞪着我们看——它明显是盯上我们了。不过一时之间我也无法定夺是应该逃跑还是与它一战。

由于刚才被针刺中,我的视野里也显示了洞穴熊的光标,它的HP还剩六成多一些。刚才它和那些袭击者打的一仗十分精彩,不过也正如我之前所担心的那样,它还很有精神。我们和它打一场也不一定毫无胜算,但我不敢保证不会出现伤亡。

——不,等一下。我记得之前说过不要跟这头熊打……

我、克莱因和艾基尔继续趴在地上,一个娇小的身影从后方冲了出来。是西莉卡。她让毕娜骑在右肩上,手里拿着短剑,朝棘针洞穴熊步步靠近。

"喂,喂,西莉卡!"

我赶紧爬起来喊道,但西莉卡依然背对着我,压低声音说:

"让我试试吧!"

她说的"试试"当然不是"试着杀熊",而是"试着驯服"的意思。不过说实在的,驯服它比击倒它更难。我能够驯服"背琉璃暗豹"阿黑也是一个万分难得的奇迹,不过当时我们和阿黑都遭遇了冰风暴,差点被冻死,不能否认那个状况对驯服判定有一定影响的可能性。

反观眼前这头棘针洞穴熊,也许是因为长时间被人纠缠不休地攻击,就算当场收拾了八名袭击者,它的怒气也依然无法平息,眼看就要爆发了。这与我们遇到阿黑时的状况完全相反,西莉卡也没有继承驯服技能,我真的不觉得她能成功驯服这头熊。

然而西莉卡没有表露出一丝胆怯,还在靠近那头露出獠牙、发出低吼的洞穴熊。她的手上还捏着一大块东西。那是……被大火烤得刚刚好的青蛙肉。

看到这块肉的瞬间,我终于想起自己此时应该做什么了。

"克莱因、艾基尔,把森林里的肉都收集起来吧。"

"哦,好。"

"明白。"

我用余光看向西莉卡,然后慢慢弯下身子,避免刺激到熊。不知不觉间,修兹等人放的那把火将小木屋周边的环松烧得一棵不剩,也基本熄灭了。我接连从烧得焦黑的地上捡起被烤出"嗞嗞"声的青蛙肉,放入道具栏。

另一头的棘针洞穴熊还在低吼,西莉卡来到离它只有两米的地方,轻轻抛出了左手上的肉块。

"熊先生,吃饭啰。"

"咕噜噜噜噜噜!"

熊以一阵怒吼回应了这句话,然后用两只后脚站了起来,挥起两只长着利刃般钩爪的前掌。它站直后的高度远远超过了三米,而西莉卡在我们一行人中是仅高于结衣的小个子,两者间的体格差十分令人绝望。当然了,在VRMMO里虚拟形象的尺寸与战斗力没有太大关系,但我还是能看到西莉卡被熊一掌打飞,继而和那些袭击者一样分解消失的幻象。

然而——

它慢慢放下原本高举的前臂,恢复成四脚着地的状态,对掉在眼前的青蛙肉一阵猛嗅之后就一口咬住,只咀嚼了几下就整块吞下了。

"……"

我不由得停下捡起肉块的动作,呆呆地看着熊和西莉卡的身影。西莉卡的视野里应该已经出现了一个圆形的驯服计量表,她算准时机,把右手里的肉块也抛了出去。熊再次迅速地将它叼住。

看到两手空空的西莉卡打开道具栏,我赶紧小声对艾基尔他们说:

"把捡到的肉都交给我吧。"

不仅是艾基尔和克莱因,莉兹贝特、莉法、亚丝娜和爱丽丝也立即向我发来了交易窗口。我连连点击"YES"键,接收了全部肉块,然后悄悄靠近西莉卡。可进行交易的最远距离是二点五米,我便在相应的位置停下了脚步。她很快就收到了我发去的交易窗口,这样一来,所有青蛙肉就集中到她的道具栏里了。

接下来我们能做的也就只有向上天祈祷了。

西莉卡一边留意那个只有她看得见的计量表,一边陆续抛出青蛙肉,熊也不知餍足地重复着咬住和吞咽的动作。我传送给西莉卡的青蛙肉应该有三十多块,按照这个喂食速度,不到三分钟就会全部耗光。如果到时还没能成功驯服,我们就不得不在逃跑或战斗中作出选择。

我从西莉卡身后观察她的道具栏窗口,那里显示着"Goliath Rana的烤肉"的剩余数量,从十个变成五个,再变成三个,两个,一个……最后到零。

她扔出最后一块烤肉之后,紧张地小声说:

"计量表从刚才起就一直停在百分之九十九的位置了。"

"……我知道了,我们再去找找有没有漏掉的肉。"

我回答完,正要急着返回森林时,西莉卡又轻轻摇头道:

"不,我觉得用同一种肉也填不上最后的百分之一,我就这样试着驯服它吧。"

不知不觉间,西莉卡的左手上已经备好了一条绳索,只要能将那条绳子套在棘针洞穴熊的脖子上并顺利绑好,驯服就成功了。不过我还是觉得那剩下的百分之一足以决定成败。

"等一下,我找找其他食物……"

我打开道具栏一通搜索,来到这个世界仅一天半,里面塞满了种类繁多的素材道具,却没有多少是食材。鬣狗的肉、娃娃鱼的尾巴、蝙蝠的翅膀……这些东西的味道肯定无法让熊满足。话说熊到底喜欢吃什么?鲑鱼?苹果?竹笋?每一样我都没有在这里见过。

看来只能在百分之九十九的状态下给它套绳子了……就在我准备死心时——

"西莉卡,这个给你。"

诗乃不知什么时候来到了她身后,还一边说一边递出了一个拳头大的蓝色坛子。我看不到里面装着什么,但现在也只能相信她了。毕竟她的初始地点和我们不一样,还是越过广阔的基约尔平原才来到这里的。

西莉卡接过坛子,毫不犹豫地将右手伸了进去,掏出里面的东西。那是一个半固体状的白色物体,看着很柔软,她没有把它抛出去,而是直接拿着它靠近洞穴熊。

"来,有好吃的东西哦。"

她轻声细语着,伸出了右手。棘针洞穴熊也一动不动地盯着那只手。

"咕噜……"

它短促地低吼了一声,嗅了嗅气味,接着就没有更多反应了。诗乃见状便以略带嘶哑的声音嘀咕道:

"它是不是不吃生的素材呢……"

有这个可能性。虽然棘针洞穴熊算不上什么野外头目,但也很明显是稀有怪物,说不定只有加工过的饵食才能将它驯服。可是,那块白色东西该怎么加工呢?

这时突然有一道矮小的身影快速从我和诗乃之间穿过。光看个子我还以为是结衣,然而并不是。那人身上长着褐色的皮毛和细长的尾巴——是帕特尔族的一员,还是之前自称"俺"的领队人物。

他以不辱鼠人之名的速度跑到西莉卡身边,放倒抱在怀里的黄色坛子,一种粘稠的金色液体随之流出,覆盖在西莉卡右手中的白色物体上。完成这些操作之后,他再次迅速跑回了后方。

"……咦?"

我和诗乃同时呆在了原地,说不出话来。接着棘针洞穴熊又嗅了嗅,大嘴一张就把西莉卡手上那块不知该如何称呼的物体给消灭了。

就在这一刹那,西莉卡动起左手,将长长的绳索往熊的粗脖子上一套,结成一个项圈,又用双手系得紧紧的。棘针洞穴熊的庞大身躯随即发出光芒——

原本散发着红光的环形光标也变成了绿色。

在一片寂静之中,西莉卡浑身脱力地瘫坐到了地上。

"吼呜!"

洞穴熊短促地吼了一声,伸出巨大的舌头,不停舔着西莉卡的脸颊。

我茫然地看着这一幕,身后很近的地方突然传来一个声音:

"……这算是成功了吗?"

站在那里的是爱丽丝。那双在夜晚也散发着蓝光的宝蓝色眼睛里还有些许狐疑，我自己也很难立刻相信，不过熊的环形光标确实从红色变成了绿色。

"应该是……成功了吧。"

"老实说，我还以为西莉卡会失败。不过以她的能力，说不定还能驯服西帝国的野生飞龙呢。"

"找天带她去Under World试试吧。"

说完我便看向诗乃。

"……对了，那块白色的是什么东西？"

"是黄油。"

"黄，黄油?!你从哪儿弄来的?!"

"奥尔尼特族的孩子给我的。"

"……这样啊……"

我轻轻摇了摇头，看向坚守在后方的帕尔特族人，说：

"……那只小老鼠淋在黄油上的又是什么东西？"

"谁知道……"

诗乃耸了耸肩膀，而与亚丝娜牵着手的结衣替她回答了这个问题：

"爸爸，那似乎是蜂蜜。"

"蜂，蜂蜜?!又是从哪儿……"

"听说帕特尔族人早在很久以前就在基约尔平原上养蜂了。那罐蜂蜜是他们一族传承了好几百年的宝物。"

"原来那是留传了好几百年的高级蜂蜜？为什么要拿那么贵重的东西来……"

我再次看向帕尔特族人低语道。结衣则微微歪着脑袋说：

"这个我就没问那么深了。我去问问他们吧？"

"还是别去问了吧。"

在我回应之前,亚丝娜就微笑着这么说道。

"桐人,你自己被问到为什么要帮助他人的时候,不也挺为难的吗?"

"……嗯,或许是吧……"

其实一直以来都是别人在帮助我啊。我在心里这么想着,点了点头。阿黑也用脑袋蹭着我的右腰,发出一阵轻笑般的呼噜声。

"不过这么一想,我也明白那头小熊为什么会被驯服了!"

听到莉法的话,莉兹贝特诧异地说:

"怎么就明白了?"

"那可是蜂蜜黄油啊!谁会不喜欢呀!"

"那种东西也只有你才会喜……"

我正想吐槽一句,肚子却突然响起一阵咕噜声。艾基尔和克莱因都肆无忌惮地大笑出声,女孩子们也跟着笑了起来。

最后,我们还是没有机会去问修兹他们为什么要攻击小木屋。

不过这种事情有一就有二,有二就有三。而且第三次肯定会是更大规模的攻击,这是我们所有人的共识。

因此我们为成功与诗乃、艾基尔和克莱因会合一事短暂地庆贺完一番,就在小木屋的前院里围着篝火讨论今后该如何防御了。

高耸的石墙围着整个院子,巨大的棘针洞穴熊——米夏(由西莉卡命名)就躺在院子的西南边睡觉,它腹部的皮毛意外地柔软,阿黑和阿鼹都把脸埋在那里,睡得正香。这一幕看着就让人忍俊不禁,石墙外的激战仿佛只是一场梦。不过万一因为没能喂饱米夏而导致驯服状态解除,那地狱般的画面就会立即重演,所以会议结束后必须去找一些熊喜欢吃的食物。

我让二十名帕特尔族人暂时在小木屋的客厅里休息,不过我们在下线之前也得有一个安全的地方睡觉，所以还是得先给他们建一栋新的房子。要做的事依然堆积如山，而现在的任务是——

"也只能强化这面石墙了吧？高度也得翻个两倍。"

克莱因张开双臂这么说道，爱丽丝也轻轻点头，说：

"刚才那些敌人可以毫无惧色地爬上墙来……必须加高到掉下去会受重伤的程度才行。还有，墙面上的凹凸也要尽可能地整平。"

她的语气就像在说"中央大圣堂那种白色墙壁是最理想的"一样，让我差点笑出声来，但最后还是极力忍住了。这位敏感的骑士大人似乎没有看漏我的小动作，瞥了我一眼说：

"桐人，见你一直不说话，难道你就没有什么意见吗？"

"抱歉抱歉，我在想事情。"

我微微转过脑袋，清了清嗓子才继续道：

"这个……我对加强防御没有异议，不过终究也有个极限。墙建得再高，一旦对方架起了梯子，我们就防不住了。而且随着玩家升级，今后远距离攻击的手段也会越来越多……"

"那该怎么做才能守住这里呢？"

急性子的莉兹贝特抛出这个问题，我便说出自接受帕尔特族人同行之后就一直在酝酿的想法：

"小木屋之所以屡次遭到袭击，会不会是因为附近就只有这一栋房子？"

"啊？你是想多建几栋房子吗？"

"算是吧。不过不是多建一两栋，我要在这里建一座城镇。"

"……"

这句话让包括结衣在内的九位同伴当场呆住了。

最先开口的是亚丝娜。

"桐人，就算你建了很多房子，没有居民也成不了一个镇子啊。"

"反正帕特尔族人也需要房子吧？只要有五六栋他们的房子，不就像那么回事了吗？"

"你是想拿帕特尔族当炮灰吗？"

听到诗乃略显激动的声音，我连忙摇了摇头，说：

"不是不是，我也会好好保护他们的。不过如果只看阻止玩家袭击的目的，那或许也算是利用了他们吧……"

我环顾了表情复杂的同伴们一圈，继续解释道：

"我在越过半个基约尔平原的时候就想，这个地方的资源相当丰富，建房子所需的石头和木材几乎取之不尽，铁矿石是之前最大的难题，不过西莉卡驯服了棘针洞穴熊，那这个问题应该也解决了。"

我刚说到这里，莉法就插了一句：

"呃……熊不会刷新吗？"

"若是被击倒就会刷新，是被驯服的话就应该不会了。如果能刷新，玩家们就可以无限地把超强的Mob收为宠物，要是集齐十只组成军队，不就能为所欲为了吗？"

"我倒是不想挑战第二次了。"

西莉卡忍不住抖了抖身子，睡在她头上的毕娜睁开半边眼睛"啾"了一声，仿佛在说"就是说啊"。我不自觉地露出微笑，但随即又绷紧脸说：

"行，之后再去洞穴里确认一下会不会刷新好了……总之多建几栋房子大概也没有那么难，不过光有帕特尔族人还是很难凑够城镇该有的人口数，今后还是得把其他NPC挖过来才行。"

"如果巴钦族的人能搬过来住就好了，感觉很靠谱呢！"

结衣说完，莉兹贝特也用力地点了点头。其他VRMMO的NPC是绝对不可能搬家的，但在这个世界里，我觉得这将取决于谈判的结果。虽说巴钦族很靠谱，但可以的话，我还是想让诗乃在基约尔平原西部遇到的那些鸟人，也就是奥尔尼特族搬过来。毕竟他们会用滑膛枪，有他们加入，城镇的守备自然会坚固不少……

"不过桐人……"

艾基尔突然喊了我的名字，我立刻转身面向他。

"你也想把这个游戏通关吧？昨天系统通知还说过什么'极光所指之处'，如果你要去那里，总有一天得离开这座森林的。"

说来惭愧，在他提起之前，我完全忘记了这个通知。于是我眨巴了两下眼睛，才轻轻点头说：

"也，也是……你说得没错，不过在外出远行前有没有一个安全的据点还是有很大差别的。而且我们还继承了那么多超重的装备……如果全部塞进自己的道具栏就会占据很多容量，但要存在房屋储物库里，就得想尽一切办法加强防御……"

说到这里，同伴们的神情都变得很是严肃。大家与各自继承的武器和防具都有很深的感情，诗乃与黑卡蒂Ⅱ更是如此。很遗憾，我的爱剑"布拉维尔德"已经化为大家手里的铁制武器的基石了，但另一把"断钢圣剑"我是无论如何都要守护到底的，想必大家都有同样的想法。

"我基本赞成桐人建造城镇的想法，各位怎么看？"

爱丽丝宣言道。其他人也陆续回复"赞成"。于是她点了点头，再次看向我说：

"……不过，如果要从设计开始做就是一个大工程了。一个星期……不，说不定得花一整个月才能完成。如果在那之前遭到第三次攻击，又该怎么办呢？"

"不！"

我兴冲冲地站起来，握紧套着铁护腕的右手，振臂一呼：

"一个星期太久了！现在是11点，嗯……我们就在从现在到凌晨3点的四个小时里做出城镇的雏形吧！"

听到我这番话——

"什么?!四个小时?!"爱丽丝大叫道。

"看来今晚也注定不够睡了。"亚丝娜也苦笑着说。

"大家一起加油吧！"结衣则鼓舞了众人一番。

10

翌日9月29日是一个明媚的星期天，时间是下午1点35分——

我坐在西武新宿线的快速列车上，晃晃悠悠地抵抗着睡魔的侵袭。

虽然我也很想沉入梦乡，有效地利用这段时间来缓解睡眠不足的症状，却是有这个心没这个胆——因为神秘的转校生帆坂朋，即"老鼠"阿尔戈就坐在我旁边。万一我睡得迷迷糊糊，不小心靠到她肩上还流口水，肯定会被她笑话好几年的。

在我拼命撑开总是自动往下垂的眼皮时，旁边传来了一个含有笑意的声音。

"你看起来很困呢，桐仔。要不要我给你滴眼药水？"

"不……不了，谢谢。你就那么想给别人滴眼药水吗？"

"我也不是对谁都这样。"

"是吗……话又说回来，你为什么要跟来啊？"

"啊，你这么说就过分啦。还是我教会你怎么不翘课也能溜出学校的。"

"唔……"

被她这么一说，我也不能再说狠心话了。

虽然是万不得已，但为了能在工作日下午3点这个十分为难高中生的时间赶到银座赴约，我原本是打算翘掉今天第五和第六节课的。不过我在上课前跟阿尔戈碰了一面，无意间说起这件事时，她告诉我只要向学校交一份"就业前职场参观"的申请书，下午就可以名正言顺地请假了。

当然了，申请书上需要有参观企业的电子认证，于是我让约我出来的男人帮忙做了个假的。申请顺利获批后，我也不会留下无故缺勤的烙印，但没有去上课的事实还是无法改变。

我暗自打定主意，费了这么大工夫才溜出来，要是那家伙不是因为正事才找我的，那我就要猛吃高价蛋糕，挑战人体极限。

"先不说这些，听说昨晚你们很够呛啊？是不是据点被大型强袭部队攻击了？"

突然被阿尔戈这么一问，我沉默了一秒之后才反问道：

"……你怎么知道的？"

"参加强袭部队的玩家都在SNS上传开了，还说得很详细呢。虽说是上锁账号，不过对本阿尔戈大人来说，他上不上锁也没什么区别啦。"

"不是吧……"

我这声呻吟针对的并不是阿尔戈的情报收集能力，而是那句"传开了"。再过不久，所有仍在Unital Ring里存活的前ALO玩家都会知道我们的据点位置。

我叹了一口气，正式回答阿尔戈的问题：

"岂止是够呛能形容的……那些家伙一开始就打算攻陷我们的据点……只是因为他们用不了魔法，我们才勉强扛了下来。要是对面有两三个法师，大概已经输了。"

说到这里，我又为自己的话感到困惑。

"对啊……既然召集了那么多人，怎么会连一个法师都没有呢？初始地点应该也有很多继承了魔法技能的人才对……"

"光是继承了魔法技能也不能用啊。"

"咦？原来是这样啊？"

"技能本身会列在已习得技能的清单里，但处于封印状态，必须用'魔晶石'这种道具才能解锁。知道这件事之后,大家就在遗迹周边找那些能掉落魔晶石的怪物,大闹了一场。"

"……这,这样啊……"

我有点卡壳地附和了一句,又赶紧接话道:

"不过这种设定对魔法职业的人也太不友好了吧?这不就相当于他们要在没有继承任何技能的状态下开始游戏了吗?"

"我也是这么想的。不过估计是因为这次的魔法技能太强力了,所以才加设了这个限制。你想想,如果没有限制,从强制转移开始到缓冲期结束的四个小时里,那些魔法技能熟练度达到1000的最高级法师不就能无限制地使用魔法了吗?这样就可以到处狩猎强Mob升级,或者随意击杀其他玩家了。"

"哦……说得也是……"

其实游戏一开始应该是不能随意放魔法的,毕竟MP的恢复速度根本跟不上,不过这个问题可以靠升级解决。正如阿尔戈所说,要是不加以限制,现在Unital Ring很可能已经变成一个法师称霸天下的游戏了……可是继承来的技能不仅熟练度下调至100,还必须吃魔晶石才能解锁,又难免让人觉得有些苛刻。

快速列车来到上石神井站,让寥寥数名乘客上下车后便再次起动。车厢空旷得根本联想不到早晚高峰的拥挤,午后的阳光透过我正对面的车窗照射进来,在地板上投射出格子花纹。我悠闲自得地靠在长椅上,睡意再次扑面而来。

我们最后一直奋战到了昨晚……不,是今天凌晨5点。为了实现"在四小时内建成小镇"的目标,所有人都非常努力,但光是收集建造水井的素材就花了一个小时,寻找可供农田种植的植物也花了一个小时,因此拖延了原本的进度。

不过大家的努力没有白费,最终我们还是建成了一个勉强称得上是镇子——以游戏世界的基准而言——的区域。

我们在小木屋那圈直径十五米的石墙外的森林里开荒（大部分高大树木都被袭击者烧光了，所以操作起来还算轻松），建起了另一面圆形墙壁，并将内部分为东西南北四个区域。东区是帕特尔族的居住地，西区是未来给其他种族NPC的居住区，南区是商业区，北区是农田和宠物们的厩棚区。虽然西区现在还只有石头地基，南区也没有一家能营业的商铺，不过看上去还挺像那么回事的。将圆形四等分的构造几乎与Under World的首都圣托利亚一模一样，但在爱丽丝指出之前，我完全没有意识到这一点。当然了，我这座城镇的直径只有六十米，面积还不及北圣托利亚的一个街区那么大。

即便如此，能在一夜之间建成一个比当初想象的像样了许多的城镇，最大的功臣还是西莉卡的新搭档米夏。亚丝娜用裁缝技能和木工技能制作了一个"大型野兽专用行李袋"，米夏用上这个装备后便发挥出无比强大的运力，为我们搬来了大量的石材和圆木。当然了，越是使唤宠物，其SP条的缩减速度也会越快，所以保证稳定的饵食供应也是一个课题。于是我们把亚丝娜做的渔网撒到南边的河里，虽然最初捞不到什么东西，但随着撒网技能熟练度上升，也渐渐能捕捞到一些大鱼了。阿鬣和阿黑都很喜欢吃烤鱼，宠物们的吃饭问题也算是暂时解决了。

剩下的问题就是如何让那些迟早会来袭的玩家不敢来攻打小镇了。我是绝对不想做这种事的，但有些玩家反倒会因此燃起斗志——不到最后，谁都不知道结果会怎样。说不定在我搭乘这趟列车时，已经有新一批袭击者偷偷靠近了小镇。

——问题还是在那个"老师"身上啊……

我把脑袋靠在长椅边的扶手杆上，去想那个可能潜伏在一连串袭击幕后的不知名玩家。一听到对方是指导负责PvP，即PK的人，我脑中就隐约浮现了活跃于艾恩葛朗特暗处的杀人公会"微笑棺木"及其首领"PoH"的身影。可是那个男人的摇光在Under World遭到了不可逆转的损伤，很难想象他会在Unital Ring出现，还参与到这种PK游戏里。况且"不要只看对手的一部分，要从整体上把握情况"这种偏精神层面的指导方针也不像是他的作派，他是那种巧用三寸不烂之舌哄骗别人喝下毒水的家伙。

如果不是他，那这个老师究竟是……

"喂，阿尔戈。"

不知不觉间，阿尔戈把脑袋靠在我的左肩上打起了盹儿，听到这声叫唤才"嗯？"了一声，抬起头来。

"怎……怎么了？"

"你看到的那个上锁账号有没有说为什么要攻击我们据点？"

"嗯？原因嘛……我只记得那人写到一个相熟的火精灵邀他加入强袭部队，他就参加了……"

"嗯……"

那个火精灵肯定就是修兹了吧。真是这样的话，那可能就只有他一个人接触过那个"老师"。

——桐人……你真的是……

修兹在永久退场前留下了这句话，我想了一个晚上也想不出这个"真的是"后面接的到底是什么。当然了，现实世界里的修兹并没有死去，如果能在这边找到门路联系他，或许还能好好地打听一下……

"那个，阿尔戈。"

"喂，再问就要跟你收钱喽。"

"请你吃银座的高价蛋糕好了吧。那个……ALO玩家中有一个绰号叫'老师'的人，你知道是谁吗？"

"知道啊。"

我实在没有想到她会立刻作答，不禁盯着那头卷发下的脸庞说：

"真，真的有这个人？"

"是啊，就是那个叫'黑人老师'的。"

"……"

我不由自主地用鼻子哼了一声。这个绰号我也听说过，但肯定不是我要找的人。

"你就忘了这个人吧。还有吗？"

"嗯……"

阿尔戈低吟了一会儿才慢慢地摇头道：

"没有，我想不起来。转移到UR的ALO玩家们组成了好几支队伍，说不定是其中一队的领队，得调查一下才行。"

"队伍？类似公会那样吗？"

"没有公会那么严格，更像是一个主要是用来交换信息的团队。名字也起得很随便……什么'绝对要活下去队'啦，'广播小姐姐粉丝俱乐部'啦，'啃杂草的一群人'啦，还有'假象研究会'之类的……"

"确实很不着调啊……算了，麻烦你帮忙查一下这些队伍的领队吧。"

"这买卖，一个蛋糕不划算啊。"

阿尔戈噘起嘴巴说。我看着她没有胡须涂装的光滑脸颊，又提了一个问题：

"话说阿尔戈，昨天会上你说过自己还没登录过Unital Ring吧？可你怎么这么清楚游戏里的状况？"

"在网上仔细整合一下各种信息就能知道个大概啦。和SAO只能靠自己跑断腿那会儿相比真的轻松了不少,害我都开始长胖了。"

她嘴上说着这些大话,但裹着连帽衫和水手服的身体还是那么纤细,与SAO时期没什么区别。我很想回一句"哪里胖了",并伸出右手肘去戳她的腹部,但我对自己说,这家伙已经不是性别不详的"老鼠",而是比我高一级的女高中生了,这才忍了下来。

"……不过嘛,我也觉得差不多该登录进去看看了。桐仔,从我的初始地点到你们据点的一路上,你可以当我的护卫吗?"

"嗯……我也想去看看那个叫什么斯提斯遗迹的地方,也不是不行……"

"好,那就约今晚!"

看来今天又会是一场漫长的冒险啊……我一边这么想,一边抬头看着车门上方的信息告示板时,列车正好从鹭宫站发车了。

我们在高田马场站下车,转乘地铁,好不容易来到银座,才发现这里工作日也很多人,街上相当热闹。装扮得体的女士和外国来的观光客相当显眼,穿着高中校服的我们难免有些格格不入,但现在畏缩也无济于事了。

沿着一路都是名牌旗舰店的中央大街往南走,进入位于七丁目十字路口拐角处的一栋很有特色的红色大楼,对方指定的店就在这栋楼的三楼。出了电梯之后,一股仿佛诠释了"高级"二字的空气便随着隐约可闻的古典音乐朝我袭来,不过我以心意力将它反推回去,走进店内。

"欢迎光临,请问是两位吗?"

服务生殷勤地向我们鞠躬,我回了一句"有朋友等着了",环顾这家宽敞的咖啡馆。

很快,店内很里面的窗口位置就有人毫无顾忌地大声朝我招呼道：

"喂，桐人！这边这边！"

你是故意的吗?!我在内心狠狠吐槽，同时快步穿过整个楼面，朝声源走去。

现在离下午3点还有五分钟，但桌上那份水果三明治已经被这个男人消灭了一半。他穿着深褐色的西装，系着花哨的条纹领带，还戴着一副黑框眼镜。

刚认识的时候，他是总务省的官员，第二次见面就成了自卫队的二等陆佐，现在我也不知道他在做什么工作了。这就是我认识的人中最为可疑的人物——菊冈诚二郎。他笑眯眯地对我抬起右手，但很快又发现我身边的阿尔戈，眼镜底下的眼睛随即眨巴了几下。

"嗯……算了，你们先坐下吧。"

我和阿尔戈并肩坐到他对面，服务生刚放下冰水离开，菊冈又"嗯"了一声，低语道：

"同行的不是明日奈，不是直叶，也不是诗乃……桐人，这位小姐又是哪位呢？"

在我开口之前，阿尔戈便轻轻一笑道：

"你应该早就认识我了吧。终于见到你啦，克里斯海特先生。"

（待续）

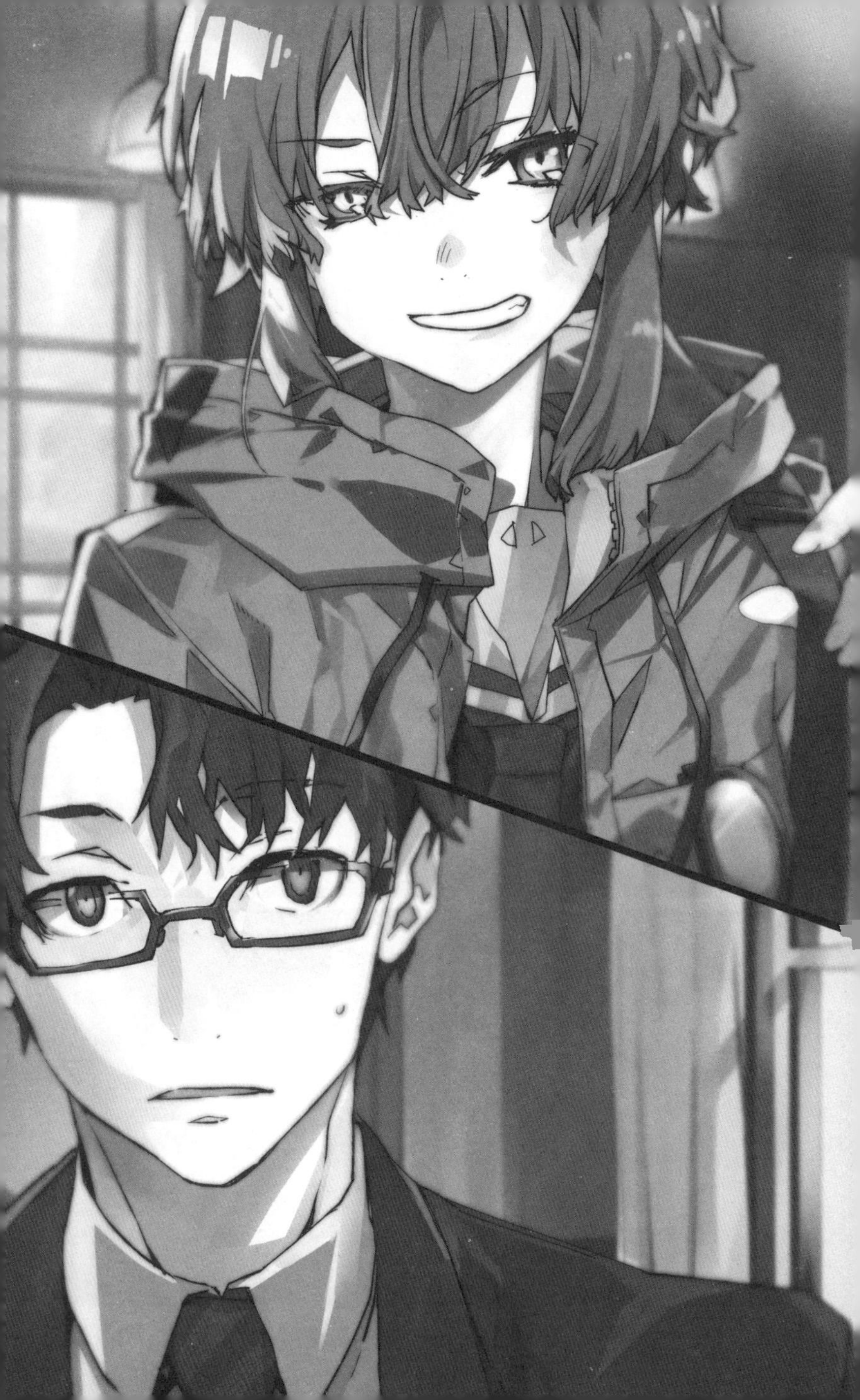

技能树

- 流血 / 波及
- 碎铁 / 丧心 / 扫腿 / 恐慌
- 乱击 / 毁刃 / 吸精
- 远击 / 反射
- 反弹
- 碎骨 / 坚守
- 昏倒
- 断筋 / 命中要害
- 连击 / 钢身
- 妙招 / 娴熟 / 巧手 / 赋活
- 挣脱 / 疾驰 / 长驱 / 机敏 / 活身 / 激发
- 隐身 / 杂技 / 刚力 / 忍耐 / 挑衅 / 沉滞
- 飞越 / 顽强 / 抗毒 / 抵抗 / 不屈
- 着地 / 才智 / 强忍 / 净化
- 暴食
- 集中 / 博学 / 耐渴
- 开眼 / 解读
- 精炼 / 鉴别
- 大极 / 圣别 / 贤哲 / 炯眼
- 一极 / 祝福 / 通晓 / 匠人技术

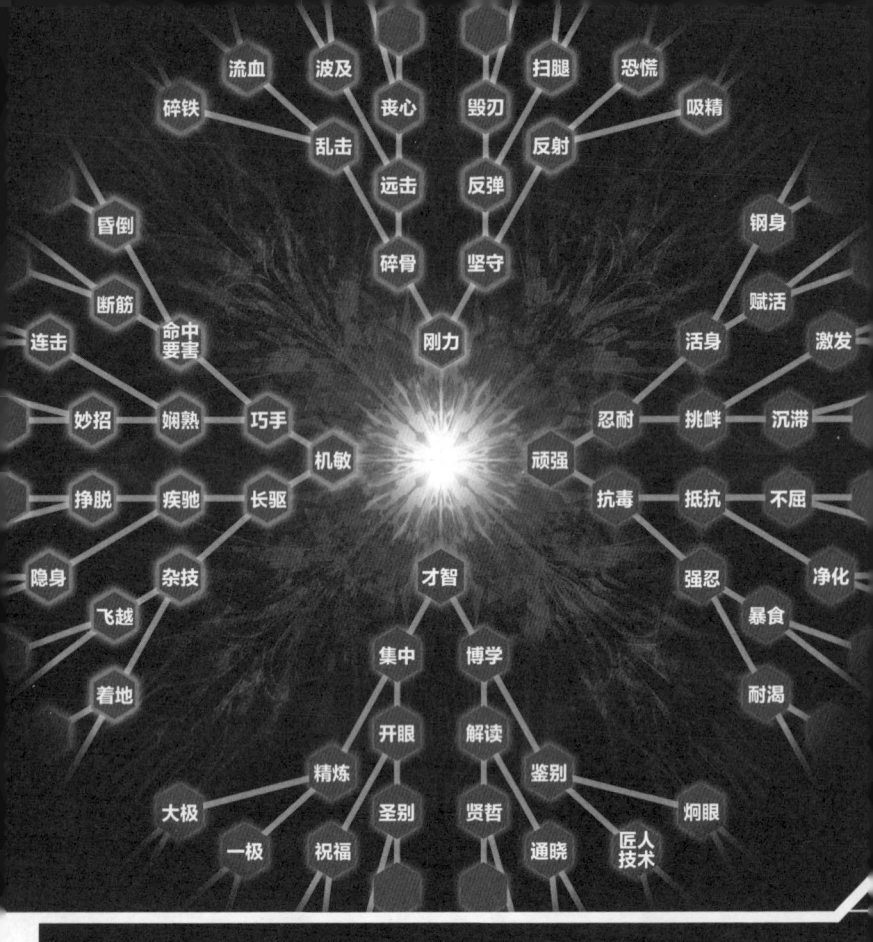

▼ 机敏 ：提高远距离武器、小型近距离武器的伤害及跳跃距离
▼ 巧手 ：提高远距离武器的命中率和开锁成功率
▼ 命中要害：提高以远距离武器、小型近距离武器攻击时的暴击率
▼ 昏倒 ：攻击时有一定概率使敌方陷入昏倒状态
▼ 断筋 ：攻击时有一定概率使敌方陷入残疾状态
▼ 娴熟 ：提高以远距离武器、小型近距离武器攻击时贯穿敌方装甲的概率
▼ 连击 ：提高以小型近距离武器攻击时的连击率
▼ 妙招 ：提高远距离武器的命中率
▼ 长驱 ：减缓行进中 TP、SP 的消耗速度
▼ 疾驰 ：提高行进速度
▼ 挣脱 ：提高行进中被瞄准状态的解除概率
▼ 隐身 ：提高隐身技能的成功率
▼ 杂技 ：提高降低自身重量、墙面行走的成功率
▼ 飞越 ：强化跳跃距离的增强效果
▼ 着地 ：减轻从高处落地时的伤害

Unital Ring 能力一览表

- ■ 刚力 ：强化中、大型近距离武器的伤害、装备重量及携带重量
- ■ 碎骨 ：提高贯穿敌方防御时的伤害
- ■ 乱击 ：发动连续攻击时，提高第二击以后的攻击伤害
- ■ 碎铁 ：提高攻击时对敌方的防具、装甲等造成的伤害
- ■ 流血 ：攻击时有一定概率使敌方陷入失血状态
- ■ 远击 ：扩大范围攻击的有效范围
- ■ 波及 ：对单个敌人进行攻击时，可对周围敌人造成少量伤害
- ■ 丧心 ：攻击时有一定概率使敌方陷入失神状态
- ■ 坚守 ：减轻防御时的被击退效果
- ■ 反弹 ：提高防御时击退敌方的概率
- ■ 毁刃 ：提高防御时对敌方武器、爪牙等造成的伤害
- ■ 扫腿 ：攻击时有一定概率使敌方陷入跌倒状态
- ■ 反射 ：防御时将少量伤害反弹给敌人
- ■ 恐慌 ：攻击时有一定概率使敌方陷入恐慌状态
- ■ 吸精 ：攻击时有一定概率恢复MP

- ● 顽强 ：提高HP值、TP值、SP值及对异常状态的抗性
- ● 忍耐 ：强化防御时的伤害降低效果
- ● 活身 ：强化HP值的追加效果
- ● 钢身 ：提高基础防御力
- ● 赋活 ：提高HP自动恢复值
- ● 挑衅 ：提高攻击时获得的仇恨值
- ● 激发 ：攻击时有一定概率使敌方陷入狂乱状态
- ● 沉滞 ：攻击时有一定概率使敌方陷入钝化状态
- ● 抗毒 ：强化中毒时的伤害降低效果
- ● 抵抗 ：提高回避异常状态的概率
- ● 不屈 ：减轻超重时的行动限制效果
- ● 净化 ：提高陷入异常状态时的恢复速度
- ● 强忍 ：TP、SP归零后仍能支撑一段时间
- ● 暴食 ：进食时SP可恢复至最大值以上
- ● 耐渴 ：减缓TP消耗速度

- ◆ 才智 ：提高MP值和魔法威力
- ◆ 集中 ：提高MP恢复速度
- ◆ 精炼 ：强化魔法威力的追加效果
- ◆ 大极 ：扩大范围攻击魔法的有效范围
- ◆ 一极 ：对单个敌人进行魔法攻击时，有一定概率贯穿对象
- ◆ 开眼 ：减轻MP的消耗量
- ◆ 祝福 ：强化恢复魔法的效果
- ◆ 圣别 ：为武器攻击追加神圣属性伤害
- ◆ 博学 ：提高各种语言技能熟练度的提升率
- ◆ 解读 ：提高古代文字技能熟练度的提升率
- ◆ 贤哲 ：提高古代魔法技能熟练度的提升率
- ◆ 通晓 ：强化消耗型道具的效果
- ◆ 鉴别 ：提高识别技能的成功率
- ◆ 匠人技术：提高各种生产技能熟练度的提升率
- ◆ 炯眼 ：提高素材道具的采集量

UNITAL RING ABILITY

▶后记

感谢各位阅读《刀剑神域》第23集Unital Ring Ⅱ。

首先请容我向各位致歉。在第21集Unital Ring Ⅰ之后，紧接着出版的是第22集Kiss and Fly，然后才是这第23集。让本书以如此不合常规的顺序出版，真的很对不起。之前也考虑过不将短篇集Kiss and Fly列入集数，直接在第22集里延续Unital Ring的故事，但由于之前的第2集和第8集也是短篇集，为了保持一致，最终还是决定按照这个顺序来出版了。还请各位读者见谅。

那么……让大家等了一整年，Unital Ring的续篇终于来了。上一集的故事是以打铁结尾的，所以我就干脆把这一集的目标定为全员集合好了，结果没想到进展这么顺利，连城镇都建好了，不过其实也就是挖挖土、盖盖房而已。桐人一行人的小镇能否发挥城镇该有的作用，又能在游戏攻略方面派上什么用场呢？我打算在下一集里好好讲述这些剧情。

这一集基本是在2019年8月至9月这段时间里写的。动画方面，Alicization篇的后半段War of Under World还没有开始播放，故事讲的是爱丽丝在卢利特村隐居，费心照顾心神失常的桐人，为了生计做起了樵夫的兼职，还把艾尔多利耶赶了回去。就连我自己也觉得，这与Unital Ring篇里的爱丽丝的差别也太大了吧！不过她的内心还是像在Under World生活时那样，一直奉行着"尽全力过好当下"主义，因此，我想今后她仍然是桐人小队里的精神支柱。

在本集的最后一章，那个戴黑框眼镜的人也登场了。总给人一种Under World会再次与剧情产生联系的预感呢！我自己也十分好奇人界和暗黑界变成了什么模样，如果能在下一集提及就好了……但Unital Ring世界已经是刻不容缓的状态了，所以我也不确定未来会怎么发展。总之我会努力写出下一集，不会让大家又等上一年的！

说到我的近况……最近我骑上了睽违五年之久的自行车。我的腿脚一开始只是在河岸边骑一段上坡路就惨叫连连了，但过了几个月，我已经可以全程不减速地骑过这段上坡路了！人类的身体真是神奇，希望今后还能继续坚持下去。其实这次稿子的进度也有点危险，但跟自行车没有一点关系，这是宇宙的天命。责编老师、abec老师，对不起啦！

（注：上述时间均为日文版的情况。）

2019年10月某日 川原砾

图书在版编目（CIP）数据

刀剑神域. 023, Unital Ring. Ⅱ / (日) 川原砾著；(日) abec绘；徐嘉悦译. — 杭州：浙江人民美术出版社, 2020.9

ISBN 978-7-5340-8301-3

Ⅰ.①刀… Ⅱ.①川… ②a… ③徐… Ⅲ.①长篇小说—日本—现代 Ⅳ.①I313.45

中国版本图书馆CIP数据核字(2020)第153197号

作　者：	[日] 川原砾
翻　译：	徐嘉悦
责任编辑：	褚潮歌
特约编辑：	张　妍
责任校对：	余雅汝
责任印制：	陈柏荣

原著名：《ソードアート・オンライン23 ユナイタル・リングⅡ》
著者：川原礫，绘者：abec，日版设计：BEE-PEE
SWORD ART ONLINE Vol.23 Unital Ring Ⅱ
© Reki Kawahara 2019
Edited by 电击文库
First published in Japan in 2019 by KADOKAWA CORPORATION, Tokyo.
Simplified Chinese translation rights arranged with KADOKAWA CORPORATION, Tokyo.
Translation copyright ©2020 by Guangzhou Tianwen Kadokawa Animation & Comics Co.,Ltd.
本书中文简体字翻译版由广州天闻角川动漫有限公司策划并由浙江人民美术出版社出版。未经出版者预先书面许可，不得以任何方式复制或抄袭本书的任何部分。
浙江省版权局著作权合同登记号：11-2020-209

本书为引进版图书，为最大限度保留原作特色、尊重原作者写作习惯，故本书酌情保留了部分外来词汇。特此说明。

刀剑神域023 Unital Ring Ⅱ

出版发行：	浙江人民美术出版社
地　址：	杭州市体育场路347号
网　址：	http://mss.zjcb.com
经　销：	全国各地新华书店
制　版：	中华商务联合印刷（广东）有限公司
印　刷：	中华商务联合印刷（广东）有限公司
版　次：	2020年9月第1版
印　次：	2020年9月第1次印刷
开　本：	787mm×1092mm　1/32
印　张：	7
字　数：	156千字
书　号：	ISBN 978-7-5340-8301-3
定　价：	36.00元

版权所有 侵权必究

本书如有印装质量问题，影响阅读，请与广州天闻角川动漫有限公司联系调换。
联系地址：中国广州市黄埔大道中309号 羊城创意产业园3-07C
电话：020-38031253；　传真：020-38031252
官方网址：http://www.gztwkadokawa.com/
广州天闻角川动漫有限公司常年法律顾问：北京市盈科（广州）律师事务所